いつかの恋にきっと似ている

木村 咲

STARTS
スターツ出版株式会社

とあるフラワーショップの
恋する365日。

目次

いつかの恋にきっと似ている

第一章　クリスマスローズ

開花時期　十二月〜二月
花言葉　わたしの不安をやわらげて

◇真希《まき》

花材選びをするふりをしながら防水加工の腕時計をちらりと覗き見る。

二十二時。この人で最後だなと心の中で呟いて、トルコキキョウの茎を指の間から引き抜いた。

真希の指先から、一気にちぎり取られた柔らかな葉が白いタイルの床にひらひらと零《こぼ》れ落ち、違う種類の葉が次々と床に積み重なっていく。

正確な、らせん状に組み上げた茎を切れ味のよい刃で同じ長さに切り揃えると、積み重なった葉の上に、切り落とされた茎が一度に落ちる。真希はこの瞬間の感触と、音が好きだ。同じ長さの完璧なスパイラルであれば、ブーケはなんの支えもなしにテーブルの上に垂直に立てることができる。結束部分は茎の色と同じ緑のひもで束ね、保水処理のあと柔らかな素材の深い紫と硬い黒のペーパーで包む。

真っ赤なバラと淡いグリーンのトルコキキョウ。コロンとした、バラの蕾《つぼみ》のようにも見える八重咲《やえざき》のトルコキキョウは、真希の大好きな品種だ。赤と淡いグリーンの二色だけを使った小ぶりなブーケは、黒と紫のラッピングに映える。金のリボンの装飾を施《ほどこ》したこの時期限定の紙袋にも、しっくりと品よく収まった。

スーツ姿の男性客は、それを見てうんとうなずいた。口元に少し笑みを浮かべてそれに応える。クリスマスの夜、この日最後の仕事が無事に終わろうとしていた。

「今年もクリスマス終わっちゃいましたね」

少し色褪《あ》せた黒いカッターシャツに黒いパンツ、腰に巻くタイプの長いエプロンをつけた絵美《えみ》が、肩まである栗色の髪をシュシュで結び直しながら店内にある時計をちらりと見てそう呟いた。

二十二時二十分。最後に来た男性客のせいで、少し閉店時間が延びてしまった。クリスマスの夜に男性を手ぶらで追い返すわけにはいかなくて。

長い睫毛《まつげ》にほんのり赤く染まった頬、絵美の化粧っけのない幼い顔立ちが、全身真っ黒の出《い》で立ちのおかげで余計に際立ってしまっている。

「忙しかったぁ。あ、レジ閉めなきゃ」

髪を結び直した絵美はレジカウンターに駆け寄った。

「あ、お腹鳴っちゃった」

絵美は一瞬立ち止まり、両手でお腹のあたりを押さえている。いつもの半分の時間で済ませた昼休憩が、遥か遠い昔のことのように思える。その休憩でなにを食べたかもう思い出せないほど忙しかったのだから当然だ。

「いくら売れたかなぁ」

絵美はとくに誰かに返事を求めるわけでもなく言いながら、レジのダイヤルを点検に合わせる。慣れた手つきでいくつかのキーを押すと、画面に項目別の売上金額が表示された。

「去年の売上は超えたんじゃない？　あ、一応まだあと二時間はクリスマスよー、絵美ちゃん」

疲れを感じさせないように、と意識しながら真希は言った。絵美と同じ、全身真っ黒の動きやすい服装に、こげ茶色の髪を頭の上に大きなお団子でまとめたヘアスタイルは忙しい日にはぴったりだ。

鮮やかな緑色の葉が大量に落ちた床をほうきで掃いていく。猫のようなアーモンド型の瞳をアイラインで強調してはいるけれど、二日間以上ほとんどまともに眠っていなかったせいで、いつものリキッドファンデでも荒れた肌は隠せない。

「あっ店長、このポインセチアひとつ持って帰ってもいいですか？」

鉢ごとラッピングしてカウンターに飾っていた三寸サイズの小さなポインセチアをひと鉢持ち上げて絵美が嬉しそうに言った。

「なんならぜんぶ持って帰ってもいいわよ」

たくさんあるポインセチアの鉢植えの中から絵美が選んだ淡いピンクのポインセチアは、どちらにしても明日からはほとんど売り物にならない。

クリスマスには欠かせない真っ赤なポインセチアも、今日でお払い箱というわけだ。

「やったぁ！　このピンクの狙ってたんです！　ぜんぶ売れなくてよかった……」

小さなポインセチアを抱えて、絵美は嬉しそうに笑った。売れなくてよかったって、とつい真希も一緒になって笑ってしまう。

「わたしなら絶対こっちだけど」

真希が指さしたのはクリスマスローズの鉢植えで、ローズといってもバラには似ても似つかない、ちょっと俯《うつむ》き加減に咲いている一見地味な白い花。見かけによらず高級品で、一鉢八千円なんてぎょっとするような値段のついたものもある。

「えっ、そうなんですか」

絵美が驚くと、真希はうんとうなずいた。

「ポインセチアは派手なだけで弱いもん。それに比べて丈夫だし個性的だし。毒があるってとこもいいじゃない？　わたしは好きだな、クリスマスローズ」

絵美は白い花を眺めながら、そうですかねえと呟いている。結局絵美が持ち帰ることにしたのは、ピンクのポインセチアだった。

真田《さなだ》真希が店長を務める、駅前にある小さなフラワーショップ。

営業時間は普段は二十一時まで、母の日とクリスマスだけは二十二時まで営業時間を延長している。

「わたしも来年は誰かにお花もらいたいなぁ」

絵美がカウンターに置いた淡いピンク色のポインセチアを眺めながら呟いた。

「花ねえ」

花もらって嬉しいかなぁ、わたしは微妙だなぁ、なんて思ってしまうのは花屋失格だろうかと、ぼんやり考えながら真希は銀色に光るバケツを洗剤で手早く洗う。

真希の指は毎日冷たい水を扱っているせいで、ずいぶんと皮膚が厚くなっている。いくら職業病だといったって、こんなに年中ささくれた傷だらけの手をしていたら指輪なんて誰も買ってはくれないだろう。花屋になって五年間、今まで誰かに指輪はおろか、花束なんてプレゼントしてもらったことは一度もない。もう二十七歳、そろそろ結婚とか考える歳だよな普通は、と真希はまたぼんやり思う。

「絵美ちゃんって、いくつだっけ」

「歳ですか、二十三歳になりました。えーっと、あっ、間違えた。わ、これクレジットの控えだ。危ない、危ない」

絵美はレジを開けてお札を数えている途中だったが、真希の突拍子もない質問に答えたせいで数え間違えてしまったらしい。慌てて最初から数え始めている。

「ごめん、ごめん。焦《あせ》らないでゆっくり数えて。今日は何時間でも残業代つけていいから」

真希は笑いながら言った。

今日は片付けを終えたら最終電車もなくなってしまうだろう。

「タクシー代はわたし出してあげるからさ」

「あ、わたし今日、自転車で来たんです。遅くなるかなと思って」

絵美がえへへと笑いながら答えた。

黙っていればタクシー代をもらえたものを、と思いながら、いわゆる田舎育ちである絵美のそういうところがいいなと真希は思った。

『毎日お花に囲まれていられる楽しい仕事』

花屋の仕事は、そんなイメージとは程遠いのが現実だ。理想とのギャップに耐えられず、すぐに辞めてしまうスタッフを真希は今まで何人も見てきた。

ガラス張りのディスプレイコーナーに飾った、クリスマス限定ブーケとアレンジメントの見本を片付け、年末用のアレンジメントに作り替える。

赤や白の鮮やかなバラやコットン、ゴールドクレストで作ったクリスマスツリーは目立たない位置に下げ、大きなガラス製の花瓶に菊や南天《なんてん》、雲竜柳《うんりゅうやなぎ》などを使って高さのある和風のディスプレイを仕上げていく。

「わぁー。一気にイメージ変わりましたねぇ！　日本のお正月って感じ」

店の壁に飾っていた星やサンタのオーナメントを、脚立に乗った絵美が次々に外していき、大きなゴールドクレストに巻きつけていた電飾をくるくると巻き取る。

絵美が数えた売上金額を真希がパソコンに入力し、本社にメールで報告するのは毎日の日課だ。

花屋の本社とは言ってもともとはウィンドウディスプレイやホテルウエディング、パーティーやイベントの会場装飾が専門の会社である。

その社長が趣味の延長で始めたのがこの小さなフラワーショップであり、正式な事業部が立ち上がり店舗数が増えた今も、相変わらず社内ではいまだに片手間のお遊び事業として扱われているらしい。店長の真希が売上金額を報告したところでよほどのことがない限り、本社のマネージャーからお叱りを受けることもお褒めの言葉をいただくこともない。

店の入り口には、本物の葉牡丹《はぼたん》と来年の干支《えと》があしらわれた門松《かどまつ》を飾って、店全体がようやくクリスマスからお正月モードに切り替わった。

「さ、帰ろっか！　絵美ちゃんお疲れさま！」

足元の門松の位置を確認し、ぱんぱんと両手をエプロンではたいて立ち上がる。ふとフラワーキーパーの中の鏡を見ると、メイクは崩れに崩れてひどい有様だ。年々、繁忙期のメイクの持ちが悪くなっているのは気のせいではないだろう。

絵美はピンクのポインセチアを大切そうに抱えてタイムカードをガチャンと押した。

「絵美ちゃん、自転車でしょ？　気をつけてね。あとこれ、わたしからのクリスマスプレゼント」

顔が半分まで隠れるほどマフラーをぐるぐるに巻きつけた絵美に、真希は小さな紙袋を手渡した。

「えっ！　店長からわたしに？　いいんですか？」

「安物だけどね、わたしとお揃い。あ、もうクリスマス終わっちゃうけど」

真希は腕時計をちらりと見ると、にっこりと笑って言った。

「メリークリスマス。絵美ちゃん、また明日ね！」

「ありがとうございます！」

絵美は白いダウンジャケットを羽織り自転車にまたがると、ぺこりと頭を下げて真希に手を振った。

遠ざかる、白いダウンジャケットに赤いマフラーをぐるぐる巻きにした絵美の背中に向かって、真希は笑いながら「雪だるまみたい」と呟いた。

◇絵美

「あぁー寒かったぁ」

絵美はひとり言を呟きながら、小さなアパートの前に自転車を止めた。

吐く息が冷たい夜の空気に白くふわっふわっと消えていく。

白い積み木で作ったような小さなアパートは、絵美が田舎から出てきて大学生になったとき、初めてひとり暮らしを始めたアパートだ。

大学を卒業して花屋で働き始めた今も、引っ越すのが面倒だったこともあってそのままこの部屋に住んでいる。ワンルームでユニットバス、ひと口コンロと不便なところもあるけれど、この部屋が実は気に入っていたりする。

部屋の窓際に持ち帰ってきたピンクのポインセチアを飾り、真っ白のダウンジャケットをハンガーに掛ける。

水玉模様のシーツをかぶせたベッドに腰かけると、絵美は店長の真希からもらったクリスマスプレゼントの紙袋を開け中を見た。ラッピングには、見覚えのあるペーパーが使われている。真希が自分で包んでくれたらしい。きっちりとループが重なった、お手本のようなサテンリボンをほどく。

「わぁ……！」

絵美は思わず喜びの声をあげた。

真希からのプレゼントは生花用のハサミと折り畳み式の小さなナイフで、店長の真希がいつも店でアレンジやブーケを作るときに使っているものとまったく同じ形のものだった。

真希が使っているのはナイフもハサミもシンプルな黒い持ち手のものだが、絵美にくれたものはどちらも持ち手がピンクになっている。

めた。

「わたしのために選んでくれたんだぁ」

絵美はそう呟くと、きらりと輝くナイフとハサミの入ったケースをぎゅっと抱きしめた。

◇真希

ガラガラと、夜の駅前に響くシャッターの音。店のシャッターを完全に下ろして鍵をかけると、ふぅとため息をついて腕時計を見る。針はちょうど二十四時を指していた。

「あ、終わっちゃった」

今年もクリスマスが終わった。

ギフト需要の多い真希の店では、毎年クリスマスイブとクリスマスは、母の日の次に忙しい。

十二月に入ると年明けまで、ほとんどまともに休みも取らず、ノンストップで過ぎていく。

クリスマス当日の夜には会社帰りの男性客が、いろいろと迷った挙げ句に彼女や妻へのプレゼントとして花束やプリザーブドフラワーを買いにやって来る。

真希が店長を務めるこの小さなフラワーショップでも、イブのたった一日で三十万以上の売上があった。

「もしもし、タッちゃん？　うん、今終わったとこ。悪いけど迎えに来てくれない？」

真希は寒さに凍えそうになりながら、携帯電話に向かって言った。

「えっ？　もう出てんの？」

ああ、と電話の向こう側から少しだけ不機嫌そうな声が聞こえてくる。いつものことだ。運転手が不機嫌だろうがなんだろうが、高いタクシー代を支払うよりはずっといい。

「ありがと。さすがタッちゃん。うん、待ってる」

電話を切ると、小走りで近くの自動販売機まで行き、缶コーヒーを二本買う。

「あったかい」

真希はフラワーショップの黒い制服の上からそのまま羽織ったフリースのポケットに、缶コーヒーを押し込んだ。


「ありがと。ほんと助かった」

真希はそう言いながら、シルバーのキューブの助手席に乗り込んだ。

「はい、これお礼」

真希はフリースのポケットから缶コーヒーを一本取り出して、運転席の太一に手渡した。ポケットに入れてはいたものの、やっぱり少し冷めてしまっている。

「缶コーヒー一本？　激安タクシーか」

太一は缶コーヒーを受け取りながら不服そうに真希に言った。

真希と太一は小学校時代からの友達だ。お互い二十七歳になった今でも奇跡的に友達の関係が続いている。

「なに？　いらないなら返してよ」

真希は助手席で自分の缶コーヒーを飲みながら、太一に向かって言った。

「タッちゃんこそ、わたしにクリスマスプレゼントとかないわけ？　花束のひとつくらい持ってきてくれてもいいと思うんだけど」

太一はため息をつく。

「花屋に花束プレゼントしようと思うバカはいないだろ」

「ほしいかもしれないじゃない」

真希は太一を横目できっと睨《にら》みつけた。

「センスねぇ花束だなとか思われんの嫌だろ。お前そういうのうるさいじゃん」

真希はふてくされて黙り込んだ。

たしかに普段から道を歩いていても、花束を見ると自然に値踏みしてしまっている自分がいる。

ラッピングや花の組み合わせなど、どう見てもセンスのかけらもないただ大きいだけの花束を抱えた人が多すぎるのだ。

「日本人の男はね、花にこだわらなすぎるのよ」

真希は言った。

「ときどき外国人のお客さんが来るけどね、そりゃあこだわって注文してくれるんだから。『僕の彼女はこういうイメージでこういう花が好きだから……』ってね」

「ふうん、めんどくせ」

太一は運転しながらさほど興味もなさそうに真希の話を聞いている。

クリスマスが終わった夜の街並みは、まだキラキラとイルミネーションが灯っている。

「綺麗だな」

「そうね」

真希はぼんやりと窓の外を眺めた。

「俺らももう二十七だもんな、歳取るのってはやいよなぁ」

太一が車の外のイルミネーションを眺めながら言う。

「わたし、結婚できんのかな」

真希がふふっと笑い、太一が「笑いごとじゃねぇだろ」とぼそっと呟く。

「なによ、タッちゃんだって彼女いないじゃん。お互い様でしょ？」

真希のせりふに太一は「はぁ」と大袈裟《おおげさ》にため息をついた。

「なによ」

「お前の専属運転手なんかしてるうちは、彼女なんかできないだろ」

太一は赤信号で止まった間に缶コーヒーをぐいと飲み干した。

「もうすぐ今年も終わるんだね」

窓の外を見ながらぼんやりと呟くと、

「化粧はげすぎ。ほぼすっぴんじゃん」

と言いながら太一が笑う。

「うっさいなぁ。お客さんは花しか見てないんだからいいんだってば」

睡眠不足と車内の暖かさのせいで、落ちそうになる瞼《まぶた》。さすがに夜中に呼び出して運転させておいて、隣で寝るのはひどすぎるだろうと一生懸命瞼を持ち上げてみる。

「着いたら起こしてやるから、寝てていいよ」

太一が言う。優しい声だ。真希はゆっくり目を閉じた。

「タッちゃん……ありがと」

目を閉じたまま、控えめな声で言ってみる。太一はどんな顔をしているだろう。

「真希、お疲れさま。来年もよろしく」

耳元で、やっぱり優しい声が聞こえていた。

◆武《たける》

「琴美《ことみ》と奈々美《ななみ》のお年玉、準備してくれた？」

リビングのソファーに腰かけ、武はリモコン片手にテレビを見ながら、キッチンで年越し蕎麦を準備している麻里子に向かって言った。

「ええもちろん」

出会った頃から変わらない若々しさと美しさに加えて、近頃は年相応の柔らかな雰囲気が加わった。自分に相応《ふさわ》しい妻はやはり麻里子しかいない、と武は思う。

琴美と奈々美は麻里子と武のいとこにあたる。

武の父親の弟の娘でふたりは麻里子にとてもよく懐いている。家族が集まる元旦にふたりにお年玉を渡すのは毎年の恒例だ。

麻里子が温めた蕎麦にえびの天ぷらをのせて、リビングに運ぶ。

「さ、食べよっか」

麻里子とは、結婚して五年になる。

「来年は三人で年越しだな」

武はなるべく嬉しそうな顔を意識して、麻里子のお腹を撫《な》でた。

「そうね」

妊娠五か月の麻里子はゆったりとした服を着ていれば、もともとが細身だからかまだ見た目には妊婦だとわからない。

「楽しみだな」

武は心の底から待ち遠しそうに呟いた。そうすると、麻里子が喜ぶことを知っているからだ。

妻を愛していることと、外に女がいるということは関係のないことだ、と武は思う。たとえば妻が、友達が羨むほどに美しく、料理がうまく綺麗好きで、自分の家族ともうまくやってくれていて、必要があればいつでも働くことができる資格も持っている、パートナーとして完璧な女性であるとして、それでも夫が百パーセント浮気をしないという理由にはならない。

武には、麻里子の知らない女友達がいる。その女友達とは、キスもするしセックスもする関係だ。

女友達のことを愛しているかと聞かれれば、麻里子への愛には到底かなわないと答えるだろう。けれど、女友達との関係を断ち切ることは、麻里子と別れることより遥かに、武にとって気が遠くなるくらい難しいことだ。

愛人とか浮気相手と言ってしまうとドロドロするし、なんだか罪深いような気もするし、女友達と体の関係があるという言い方が、やはりベストだろうと思っている。

「ねぇ、あなた」

麻里子が武に微笑みかける。

「どうした？」

武が年越し蕎麦を啜《すす》っていた顔をあげると、麻里子の上品で美しい顔立ちが目に入る。

「あした持っていくお料理なんだけど」

「うん、どうした？　そういえば重箱がキッチンに出てないな」

「うん、あのね、今年はローストビーフとか唐揚げとかハンバーグとか、普通のお料理を作ることにしてみたの。そのほうが若い子たちは嬉しいんじゃないかと思って」

麻里子の料理の腕前は武が一番よく知っている。美しい重箱に詰めた麻里子のお節料理は、毎年芸術品とも言える出来栄えだが、親戚の女連中も皆揃って重箱に詰めたお節料理を持ち寄るから、ということなのだろう。

「それはいいな。オヤジや琴美や奈々美もそのほうが喜ぶんじゃないか」

麻里子の作るものはなんでもおいしい。武はうんうんとうなずいた。

「お、カウントダウン始まった」

「ほんとだ。十、九、八、七……」

麻里子と武はにっこり笑ってお互い顔を見合わせた。

「あけましておめでとうございます」

麻里子が向かいに腰かける武にぺこりと頭を下げる。

「あけましておめでとう。今年もよろしくな」

男の幸せというものは、可愛いらしく控えめな、心から愛する妻と暮らすこと。

色気のある女友達と、割り切った体の関係を持ち続けることだ。

麻里子の美しい笑顔を見るたびに、武は心からそう思うのだった。

◇真希

「今年も終わりかぁ」

最終電車に間に合うように絵美を帰宅させたあと、真希はひんやりと冷たく静まり返った店内でひとり呟いた。

とくに急いで片付けをするわけでもなく、パソコンの画面と向き合ってため息をつく。

べつに店に長居したいわけじゃない、ただ帰りたくないだけだ。

店はバカみたいに忙しくて連日残業続きな上に、マンションの部屋でひとりぼっちで過ごす年末年始なんて大嫌いだ。

頼みの綱の太一は今頃実家のコタツでのんびりみかんでも食べているだろう。

オリジナルの迎春アレンジメントの売上は、前年までの年末の売上を大きく上回っていたし、クリスマスからの切り替えがうまくいったことで、ここ数日間は全体的な売上もかなりの好成績だった。

年が明けたらしばらくは店も暇になるだろう。

「こんだけ結果出してんだからちょっとは見ろっつの、このボケ」

真希が本社から支給された連絡用のノートパソコンの画面に向かって吐き捨てると、店の固定電話から着信を知らせる短い電子音が繰り返し鳴り響いた。

「ボケは言いすぎたか」

真希は自分の乱暴なひとり言を反省してから、コホンと咳払いをして受話器を取った。

「はい、お電話ありがとうございます」

『お疲れ様。本社の園山《そのやま》です』

聞き覚えのある低い声が受話器の向こう側で響いている。

噂をすれば、と真希は心の中で呟いた。

「園山マネージャー、おひさしぶりです」

ちょっとした嫌味のつもりで言った。マネージャーのくせに彼が店を見に来ることはほとんどない。

『おひさしぶりです、か。相変わらず冷たいな、真希ちゃんは』

　年に数回ほどしか会わないひと回り近くも年下の部下を真希ちゃん呼ばわりする馴れ馴れしさは、パワハラやセクハラという言葉にあまり馴染みがない世代の人間らしい。

　今時流行らないくわえ煙草、緩めのパーマをかけた黒髪に、きっちりと着こなしたスーツが、園山雅人《まさと》のトレードマーク。

『今日の売上見たよ。さすがだな』

　彼の独特の声でそう言われると、素直に喜んでしまう自分が嫌だ、と真希は思った。

「ありがとうございます」

『こんな遅い時間まで店にいるんだな』

　園山は言った。

　そっちだってこんな遅い時間にまだ会社にいるじゃないか、と真希は心の中で反論する。

　今日の売上金額をメールで本社宛に送信したのはつい五分ほど前だった。

「はい。忙しかったですから」

　真希は店の外を眺めながら言った。

はっきりした顔立ちのイケメンである園山マネージャーが四十歳近くになってまだ独身なのは、きっと仕事ばかりして女をほったらかしにするからなのだろう。

『相変わらず仕事熱心だな』

その言葉、そのままあなたにお返ししますと言いたかったが、やめておいた。

上司と電話をしながら年越しなんてまっぴらだ。

「今年もお世話になりました。来年は、ときどき店を見に来てくださいね、園山さん」

『ああ行くよ、優秀な部下に会いにね。差し入れは、スイーツでいいか？』

「スイーツ？　無理しないでください。お煎餅《せんべい》でいいですよ」

真希が言うと、園山はわははと楽しそうに笑った。

『ひどいオッサン扱いだな。俺だってスイーツくらいわかる』

「じゃあ、期待してます」

『ああ任せろ。じゃあ、また』

「はい、ありがとうございます」

真希がそう答えて電話を切ると、どこからか除夜の鐘が聞こえていた。

◆武

「こんな日にわたしと会おうなんて、どういう神経してんだか」

「ん？　なにが？」

「とぼけないで。新年初出勤の日ぐらい、早く帰ってやれば。奥さん、妊娠してるんでしょ？」

　バーのカウンターに頬杖をつきながら、吐き捨てるように真希は言った。

「俺は真希に会いたかったんだから仕方ないだろ？　今日は俺の奢《おご》りだから」

　真希と並んでスーツ姿でカウンター席に腰かけ、ウイスキーの入ったグラスを鳴らしながら武は答える。

「奢りはけっこうです」

　真希が武をバカにしたように笑った。

「真希のそういうとこ、好きだよ」

「軽々しく好きだなんて言わないで」

「またそうやって睨む。こわいなぁ、真希は」

　武はそんなふうに言いながらも、内心どこか清々《すがすが》しい気持ちでいっぱいだった。

　麻里子と話していると、いつもぬるま湯に浸かっているような気持ちになるからだ。

　ぬるま湯は心地よいけれど、ずっと浸かっているとだんだん物足りなくなってくる。

　真希は、難しいボールをこっちの気持ちなどお構いなしにバンバン投げつけてくる。激しめのキャッチボールを楽しんで、熱いシャワーを浴びて眠りたい日だってある。

「真希は綺麗だから、黙っておとなしくしてりゃモテると思うんだけどなぁ」

武はわざとらしく腕組みをして、真希を上から下までまじまじと眺める。細く筋肉質で長い脚、意志の強さを感じさせる首筋のライン。

「ちょっと、ジロジロ見ないでよ」

「黙って。うん、綺麗だ。やっぱり」

真希は黙って俯いた。店内にはボリュームを抑えたクラシックが流れている。

「わたし、この曲嫌い」

真希が言った。よく耳を澄ましてみると、ねっとりとした声の男性歌手が歌っているのはどこかで耳にしたことのあるメロディーだった。

「なんの曲？」

武は尋ねる。

「これ、オペラだろ？　俺、よく知らないな」

「『椿姫《つばきひめ》』」

真希が答える。

「この人のアルフレード、嫌いなの」

アルフレードは武の知らない名前だった。椿姫だけはかろうじて知っている。

「どうして？」

「椿姫の原題ってね、『堕落した女』っていうんだって。道を踏み外した女。ひどい原題だと思わない？」

真希は言った。武はへぇ、と相槌《あいづち》をうった。少し考えて武は答えた。

「そんな話だとは知らなかったな。原題のままのほうが俺は興味をそそられるけど」

もちろん本音だ。堕落した女なんて素晴らしいじゃないかと武は思った。道を踏み外した女ほど魅力的なものはない。

「椿姫なんていい子ぶったタイトルにしないで、そのままのほうがよかったんじゃないかな。まぁ、道を踏み外した女なんて名前だったら、こんなに有名になってないか」

武が笑うと真希はどこか遠くを見るような目で、音楽の流れてくるスピーカーを見つめていた。嫌いな曲だと言うわりには、ねっとりとしたその男の声を聞き漏らさないように、注意深く聞き入っているようにも見える。まるで昔付き合っていた恋人との思い出の曲を聞いているような、そんな表情だ。

「俺はいい声だと思うけど」

そう言いながら、武はほんの少しだけ、アルフレードに嫉妬《しっと》した。

◇真希

真希が武と知り合ったのは花屋に勤めてすぐ、もう五年も前のことだ。

武はその時点では、まだ独身だった。

正確に言うと予約済み、〝人のものになる直前の男〟だった。

武は麻里子と婚約中で、結婚式を一か月後に控えていたのだ。

あの日、武は真希がアルバイトとして見習いで働いていた、オフィス街のフラワーショップにやって来た。

結婚式を間近に控えた武がフラワーショップを訪れた理由は、自分の結婚式で新婦の麻里子にサプライズで花束を贈るため。その武の接客を担当したのが、真希だった。

二十二歳だった当時の真希にとって、スーツを颯爽《さっそう》と着こなした武は、まともに目も合わせられないほどに成熟した色気をまとった、大人の男性だった。

店員と客として会話したほんの五分で、真希は恋に落ちていた。

簡単な女だと言われれば、きっとそうだったのだろう。

〝結婚式を目前に控えた大人の男〟に恋をした真希が、それ以来何かと理由をつけてはよく店に立ち寄るようになった武の〝友人兼愛人〟になるのに時間はかからなかった。

その当時真希には、付き合い始めたばかりの恋人がいた。同い年の、真希より少しだけいい大学を出たことを自慢にしている男だった。彼と初めて寝た翌朝のことだった。彼はあろうことか、入社して間もない会社を「休もうかな」と言いだした。

まるでそれが、真希のためだと言わんばかりに。

「嘘でしょ？」と呆れ顔の真希の隣で、まだ学生気分の抜けない彼は、上司に携帯電話から【風邪をひいたので休みます】という、メールを送った。

彼は武と比べればなにもかもが劣っていて、武が既婚者だという点を除かなくともそれは同じことだった。

彼は子どもで、甘ったれで、自意識過剰などうしようもない男だった。武と会うたびにそのことを思い知らされた真希は、彼とそれ以上一緒にいることが耐えられなくなった。

武に一度抱かれてからは坂道を転がり落ちるように呆気なく、真希は武の手の中に落ちた。

真希は武が妻を心の底から愛していることを、嫌というほど知っていた。それでも自分の気持ちを止めることができなかったのだ。

今ならわかる。妻がいる男を本気で好きになるなんて、愚かなことだ。

子どもだったのだ。あんなにも妻のことを愛している人を奪うことなんて、できるはずもなかったのに。

「真希も大人の女になったよな。五年前はもっと初々しくて可愛いかったのに」

慌ただしく下着を身に着けていると、ベッドの上から武が言った。

「二十二が二十七になったんだから当然でしょ。それにあの頃は真っ白だったもん、わたし」

ブラジャー一枚で武に背を向けたまま、ベッドに腰かけてスキニーパンツに脚を滑り込ませる。

「真っ白？」

武が不思議そうに聞き返す。服を着ていたら単に細いだけに見える肩から腕のラインにうっすらとついた筋肉は、真希のコンプレックスだ。

はやく服を着てしまわないと落ち着かない。武の妻はきっと、柔らかで女性らしい体つきをしているに違いないから。朝から晩まで働き詰めの自分と、家で武を待っているだけの妻を比べられるのは気に食わない。専業主婦と自分とは、女であることだけを除いて別の生きものだと思ってもらわないと困る。

「そう、真っ白。少なくともこんな嫌な女じゃなかった」

ため息交じりにそう言って武を睨みつけると、武はベッドの上で目を閉じて笑った。

真希は武とのセックスを思い出す。

「わたし、武とセックスするのは好き」

そう言ってやると、武は喜ぶ。奔放で自由で、わがままで、そんな女のほうが不倫相手としてはいいはずだ。武の妻はきっとそれとは正反対の人だと思うから。

「だけど、武みたいな人と結婚したいとは思わないの」

そう続けると、武はさらに嬉しそうに笑う。だから口癖のように真希は言う。

「わたしはね、結婚するなら一途な男がいい。愛してもいないほかの女とセックスなんかしない、性欲もあんまりない男がいい。わたし以外の女に勃《た》たない男」

「そんな男はこの世にいないよ」

「じゃあ結婚なんかしない」

「真希はわがままだな」

武はそう呟いてクスクスと笑ってベッドに転がった。

「お前といると、飽きないよ」

真希は聞こえなかったふりをして、素肌にタートルネックのニットをかぶり、コートを羽織って立ち上がる。

「わたし、もう帰る。武も早く家に帰れば？」

武はベッドに寝ころんだまま、あははと笑いながら言った。

「真希はやり逃げの常習犯だな」

武の声を背中で聞きながら、真希は黙ってホテルの部屋の扉を閉めた。

「もしもし、タッちゃん？　迎えに来てほしいんだけど……うん。待ってるから……」

自分は太一に甘えているのだ、と真希は思う。太一の存在がなければ武との今の関係にはとても耐えられないだろう。

武に抱かれていると、いつも涙が溢れそうになる。武は自分のことを愛していないのだと、思い知らされる。

「タッちゃん早く来て」

真希はひとり呟いた。それがわがままだということくらいわかっているし、太一のことを利用しているつもりなんてない。太一なら迎えに来てくれるから、というだけの理由で呼んでいるわけでもないし、本当は家までひとりで帰るタクシー代くらいいつでも持っている。だけどそうじゃない。

ただささみしくて虚しくてどうしようもない、こんな夜は、太一に会わずにはいられない。

太一はきっと今日もなにも聞かないのだろう。

夜中にホテル街のすぐそばにあるファミレスに呼び出されたからといって、こんな時間にこんな場所でなにをしていたかなんて聞かないだろう。むしろ聞いてくれたらどれだけ楽だろうかと真希は思う。太一は黙って怒っているのだ。

きっと本当はなにもかも知っていて、なにも聞かないことで真希を責めているのだ。

こんな関係、早くやめろと太一が言ってくれたら、きっときっぱり武との関係を断ち切ることができるのに。
深夜のファミリーレストランで太一を待っているあいだ、とくにお腹が空いている
わけでもないのに頼んでしまったカレーライスは、ほわんとした家庭的な匂いを放ち
ながら冷めていくいっぽうだ。武の奥さんはきっと、おいしいカレーを作るのだろう。
そして優しい家庭的な笑顔を武に向けるのだ。
カレーは一緒に食べる相手がいる人が作るもの。簡単だけど、すごく残酷な食べ物
だ。どこから見ても幸せな家庭をきちんと維持しつつ、自分と会い続ける武は、優し
くて、ずるい。
どうして自分はいつもこうなのだろうと真希は思った。こんなふうにつらい思いを
するのなら、武となんて早く別れてしまえばいいのに。
「……もしもし、タッちゃん？」
溢れてくる涙を拭いながら、真希はふたたび太一に電話をかける。
『なんだよ。もうちょっとで着くからおとなしく待ってろ』
受話器の向こうから聞こえる優しい声。甘えてばかりはいられないのに、この声を
聞くとつい、わがままなせりふばかりが飛び出してしまう。
真希は言った。
「……タッちゃん、一緒にカレーライス食べない？」

『はあ？　今何時だかわかってんの』

太一はあきれたような声で言った。

『勘弁してくれよ』

「だってもう頼んじゃったもん」

真希は鼻を啜る。

『なに？　泣いてんの？』

太一は少し驚いたように尋ねたが、真希はそれには答えずに、「お願い」とだけ言った。少しの沈黙のあと、太一ははあとため息をつく。

『食うよ。そういえば、腹減ってるような気もする』

仕方ないというように、太一は言い、真希は涙を拭った。こんなふうに、太一はいつも文句を言いながらも真希のわがままに付き合ってくれるのだ。

『もう着くから、俺のぶんも頼んどいて』

「うん」

『じゃあな、切るぞ』

「あ、タッちゃん」

『なに』

「ありがと」

『おう』

太一は小さく答えて電話を切った。

太一となら、あたたかな家庭の象徴みたいなカレーライスだって食べられる。

武のことなんか考えずに。

真希はひと口も手をつけずに冷めてしまったカレーライスを、ただじっと見つめていた。


「バレンタインぐらい休んでもよかったのに」

『大切な人に、バレンタインデーに花束を』とチョークで書かれた黒板を、丁寧に雑巾で拭き取っている絵美に向かって、真希は言った。バレンタインに男性から女性へ花を贈る習慣は、日本でも徐々に定着しつつある。

店内にはチョコレートコスモスの甘い香りがほのかに漂っている。

「いえ、いいんです。彼氏もいないですし」

絵美はえへへと笑いながら答える。

「意外といるんですね、バレンタインに彼女にお花あげる人って」

今日一日を思い出しながら、絵美は言った。

「そうそう、最近増えたのよねー。ちょっと昔はホワイトデーだけだったんだけど」

真希はクスクス笑いながら言う。

「男が嫁に媚びる時代なのかも」

絵美はぷっと噴き出した。

「店長は旦那さんを尻に敷いちゃうタイプですね」

「あっ、ひどい。でも、そうかもしれないなあ」

絵美の口から発せられると、嫌味っぽい冗談も不思議と清々しい。

最近は店を閉めたあと、こうして絵美と片付けをしながら会話をするのがちょっとした日課になっている。

「絵美ちゃん、好きな人いないの？」

真希が尋ねると、絵美は少し頬を赤らめた。

「あ、いるんだ」

「あ、いえ……」

絵美は耳まで真っ赤になって俯いている。

「いるならバレンタインに花なんか売ってる場合じゃないじゃない」

真希は言った。

「好きな人に、チョコレート渡さないの？」

「あ、あの実は用意してあるんですけど……、会う約束とかはしてなくて……」

　真希は思わず片付けの手を止め、あきれたような顔で「ええっ？」と言った。

「もう、なにやってんの絵美ちゃん。中学生じゃないんだから」

　真希はため息をついた。

　渡すあてのないチョコレートを用意するなんて、なんて真っ白なんだろう。そういえば、一度だけ武にチョコレートを用意したことがあった。付き合ってすぐのバレンタイン。まだ真っ白だった頃だ。

「片付けはいいから、早く帰ってチョコレート渡しに行きなさいよ」

「……店長、でも」

「これは店長命令です」

　真希は言った。目の前の子羊は、無理矢理けしかけない限りせっかくのチョコレートを無駄にしてしまうに違いない。

「つべこべ言わずにとっとと行く！　渡せなくて後悔したって遅いんだからねっ！」

「は、はい」

　絵美は、驚きながらも決心したようにうなずいた。

「がんばってみます」

「そうそうその意気！　がんばれ絵美ちゃん！」

　ガッツポーズをしてみせると、絵美は小さくうなずいた。

自分には、チョコレートを渡す権利はない。どうか、絵美が傷つきませんようにと願いを込めて見送った。

◇絵美

絵美はいつもどおりマフラーをぐるぐる巻きにして、白いダウンコートを羽織ると真希に見送られて夜の街を駆け出した。

白い息を吐き出して、電車のホームに滑り込む。

渡すことなんて到底できないと思っていたし、思いを伝えるなんてできるはずがないと思っていたけれど。

今日はバレンタインデーだ。もしかしたら神様が味方してくれるかもしれない。

せっかく背中を押してもらったのだから、勇気を出そう。勇気を出して彼に会いに行こう。

絵美は用意していたチョコレートをぎゅっと抱きしめた。

もわっと暖房の効いた電車の車内には、自分を除けばカップルばかりが乗っていた。

明日が土曜日だということもあってか、どのカップルも寄り添って幸せそうだ。

ぐるぐる巻きにしていたマフラーをほどいて右腕にかける。

向かっているのは絵美が通っていた大学の近くにある小さなバーで、お昼はランチ営業もしている学生の溜まり場だ。

学生時代、その店に毎日のようにランチを食べに通っていた。アルバイト代のほとんどを注ぎ込んでまで毎日ランチを食べたのも、彼に会いたい一心だった。

絵美が惹かれたのは、がっちりとした体に白いシャツを着こなし、真っ白なシャツをひとつも汚すことなく厨房でフライパンを振る彼だった。

芸術的なまでにおいしそうに仕上がったパスタを皿に盛りつけるたびに、彼が見せる、満足げな表情が大好きだった。

大学の最寄り駅で電車を降りた。

ホームの時計は夜の十一時を指している。

大丈夫、まだバレンタインデーだ。たくさんのチョコレートのうちのひとつになってしまうかもしれないけれど、渡さないで後悔するよりずっといい。

改札を出るとすぐ、懐かしい香りがした。大学までの坂を少し登ったところに彼が働く店がある。緊張で息が詰まりそうだ。

絵美はゆっくりとその緩やかな坂を登った。

駅を出てすぐの学生街にはハンバーガーショップやクレープ屋、小さなカフェや美容室が軒を連ねる。

いろいろな食べ物の混じり合った匂い、居酒屋の前に集まっているサークルの学生たち。ベロベロに酔った女の子を男の子が介抱している。

バレンタインデーだからなのかはわからないけれど、恥ずかしそうに手を繋ぐ初々しい女の子と男の子。

右手に現れた店の看板の前で、絵美はぴたりと足を止めた。

そもそも今日、彼が店にいるかどうかもわからない。それどころか自分は彼の名前すら知らないのだ。

絵美はチョコレートの紙袋を握りしめた。店の扉をゆっくり押し開くと、カランコロンと音が鳴った。

「やぁ、いらっしゃい」

絵美は呼吸を止め、思わず後ずさる。

いつもは厨房にいるはずの彼が、さも当然のように扉の向こうに立っていたのだ。

「おひとり様ですか？」

彼は、にっこりと笑って言った。

「あ、あのっ、わたし……」

絵美はしどろもどろになりながら俯いた。

「……ああ、もしかしてユウトに会いに来た？」

彼は眉を八の字にさせて、申し訳なさそうに言った。

「ごめんね、ユウトは今日はもう帰ったよ」

ユウトという名前は聞いたことがある。大学生時代、この店では彼が注文を取りに来るだけで女の子たちは黄色い声をあげ、「きゃ、ユウトさんと目が合った！」なんて騒いでいるのが聞こえていたから。

でも違う。

絵美が会いたかったのはほかでもない、今日の前にいる彼なのだ。

「いえ、あのっ、わたしは……」

絵美はなにを言っていいのかわからず、持ってきた紙袋を差し出した。

ありがたいことに、店にはもう客はいなかった。

ユウトさん目当てで来た女の子たちはもう帰ったのだろうか。

「え？」

彼は不思議そうに絵美を見た。

茶色の短髪は彼の優しそうな雰囲気によく似合っていて、力強い腕がまくった白いシャツから覗いている。

「え、俺？」

彼はまさかというふうに笑っている。

絵美は思い切って言った。

「わたし、浅井《あさい》絵美っていいます！　あの、わたし、ユウトさんじゃなくて……」

言葉がうまく繋がらない。だって名前すら知らなかったのだ。こんなに彼のことが好きなのに。

「あのっ！　名前、教えてもらえますか……？」

そう言って、情けない顔で俯いた絵美に向かって、優しい声で彼は言った。

「マサキ」

彼はおかしそうにククッと笑う。

「正しい樹木の樹って書いて、マサキ」

◇真希

ハートモチーフのフラワーベースやハート型ピックを片付けながら、真希は店内を柔らかな桃色と菜の花の黄色で飾りつける。

バレンタインからホワイトデーまでの間は、雛祭り。

イベントがあるごとに真っ先に季節を感じさせるのが花屋の役割であると、真希は上司である園山から教わった。

真希は作業に集中するため店のシャッターを半分閉め、カウンターに戻ろうとした。

その瞬間、開いたシャッターの下側に立ち止まる黒いスーツの下半身が目に飛び込んできた。

「お客さんかな？」

迷った挙げ句に真希は閉じかけたシャッターを持ち上げた。

すると目の前に現れたのはほかの誰でもない、マネージャーの園山雅人だった。

「ハッピーバレンタイン、真希ちゃん」

「園山マネージャー……」

「約束どおり、優秀な部下に会いにきた」

緩いパーマの黒髪に黒いスーツ、いつものスタイルでやって来た園山が言い、ゆっくりと店内を見回した。

「雛祭りの装飾、いいね。あ、これ差し入れ」

園山が差し出したのは、有名な高級チョコレート専門店の紙袋だ。

「マネージャーが誰かからもらったチョコレートなら、遠慮しておきますけど」

真希は思わず噴き出しながら言った。

「バレたか。俺、チョコレート食えないんだよ」

園山は情けない表情で紙袋を覗き込む。

「いいですよ、もらっておいてあげます。高いチョコレート捨てるのはもったいないですし」

真希は言った。

「あと、今度は営業時間内に見に来ていただけますか？　閉店後の店内にマネージャーとふたりきりはちょっと」

園山はふっと笑ってうなずいた。

「そうだな、俺みたいなオヤジと一緒にいるところ、彼氏に見られたらまずいか」

「そうですね」

武のことを彼氏と言っていいものなのか、でも今は、なんとなくそう答えたほうがいい気がした。

「そうか」

「はい」

「じゃあ彼氏とうまくいかなくなったらそのときは、ちゃんと報告してくれよ」

「園山さんにだけは、報告しません」

真希が答え、ふたりは顔を見合わせて笑う。

彼と会話すると心が安らぐような気がするのはなぜだろうか。それは少なくとも彼が、好きになってはいけない相手ではないからかもしれないと真希は思った。

「真希ちゃん、これ、いいな」

そう言って園山が手に取ったのは、真希が作ったばかりの雛祭り限定ミニアレンジだ。桃の枝、菜の花、淡いピンクのスイートピーに、ガーベラ、グリーンのスプレーマム。

「可愛いな。雛祭りの雰囲気が出てる。陶器のベースもいい」

園山が言うと、真希は嬉しそうに笑った。小ぶりで手頃な雛祭りのアレンジは、孫娘のお土産にと購入する老婦人や、ほろ酔い気味のサラリーマンに人気の商品だ。

「お買い上げありがとうございます」

「あいにく、娘も孫もいないんだ。姪っ子にでも買ってやろうかな」

園山は本気でこのアレンジが気に入ったらしい。花の知識はあまりないが、センスのよいディスプレイやバルーンアートを取り入れた会場装飾で定評のある彼に認められるのはやはり嬉しい。

「マネージャー、姪っ子さんがいるんですか」

「ああ、妹の娘で三歳だ」

園山の顔が緩んだのを見て、真希はふっと笑った。

「三歳って、すごく可愛い年頃じゃないですか」

「もう、たまらんよ。俺のこと、まーくんって呼ぶんだけど、それがもう可愛いくって可愛いくて。目の中に入れても痛くないってのはこういうのを言うんだな」

園山はニヤニヤと笑いながら雛祭りアレンジを棚に戻す。

「雛祭りの前日に届くように、妹の家に送ってやってくれないか。住所はまた店のパソコンに送っておくから」

「わかりました」

いつもは無表情で、なにを考えているのかわからない彼のこんな緩みきった表情を見るのは初めてだ。意外にも笑うと可愛いじゃないかと真希は思った。きっとこんな彼を見たことがあるという人は少ないのだろう。ひと回りも年上の男を可愛いなんて、どうかしているとは思うけれど。

「真希ちゃん、なにか困ったことがあればすぐ連絡してこいよ。君はなんでもひとりで解決しようとする癖がある」

園山は言った。真希は思わず黙り込む。急にそんな真面目な話をされたことと、同時にどうしてそんなことが彼にわかるのだろうと少し驚いた。

「仕入れとの連携も、うまくいかないときは俺に連絡してくれたら、すぐにこっちから言ってやることもできるんだからな。ほしいものが手に入らないと困ることだってあるだろう」

図星だった。仕入れ担当の社員が全店分の仕入れをまとめてやってくれることで、花屋特有の早朝から市場に出かけることをしなくていいシステムは、園山が取り入れたものだ。

そのおかげで、パソコンで発注さえすれば花が届き、店の営業に集中できるのは店舗スタッフにとってはありがたい。けれどその日の仕入れがうまくいかないと、ほしい花が店に届かなくて困ることも多いのだ。

ほかの店の店長がどうしているのかは知らないが、真希は注文した花が届かなくても、違う花で代用するか諦めるかのどちらかで、とくに本社にクレームをあげたりしたことはなかった。

「はい、ありがとうございます」

真希が答えると、園山は真剣な顔つきになって言った。

「俺はね、君が売れると思うものは、売れると思ってる。だからそういうことはちゃんと報告してほしい」

「はい」

真希が自信なさげに答えると、園山はにっこりと笑った。

「もちろん、それ以外のプライベートな相談も大歓迎だけど」

あははと笑いながら、今日彼に会えてよかったと真希は思った。

バレンタインなんて大嫌いだ。誰にも会わず、仕事をしているほうがずっといい。

「頼りにしてます、マネージャー」

園山は優しく微笑んだ。

「いらっしゃいま、あ」

淡いピンクのトルコキキョウと小さく真っ赤な実のついたヒペリカムを左手に持ち、葉物はなにを合わせようかと考えていたときだった。真希は、客の気配に振り返って言った。

「なんだ、タッちゃんか」

太一は腕組みをして、ゆっくりと店内を見回した。

「タッちゃんなにか用？　わたし仕事中なんだけど」

真希は葉物のバケツの中から白いラインの入ったグリーンのドラセナを選び取ると、カウンターの上で丁寧に一枚ずつ葉を剥がし、一枚一枚くるんと丸めてホッチキスでパチンと止めていく。

トルコキキョウは葉を取り、蕾と開いている花とに分けて茎をナイフで切っていく。

「店長さん」

と太一は言った。

「花束を作ってもらいたいんだけど」

「ええ？」

真希は思わずすっとんきょうな声を出していた。

「タッちゃんが花束？」

「女性にプレゼントしたいんだけど、お願いできるかな？」

太一はあくまでも客として振る舞うつもりらしい。

真希はそれなら、とあくまでも花屋として太一に営業スマイルを向けた。

「お花束ですね。ありがとうございます。どういったご用途でしょうか？」

真希が尋ねると、太一は少し困ったような顔をする。

「ご用途？」

「はい。お見舞いなどではタブーなお花もありますから、できればどのようなプレゼントか教えていただいたほうが」

真希は店長らしく堂々と、カウンターから出てきて微笑んだ。

太一はうーんと唸って黙り込み、少し考えて思いついたように言った。

「あ！　ホワイトデーです、ホワイトデー！」

真希はそれを聞いてぷっと噴き出した。

「わかりました。ではどういった色合いでお作りしましょう？」

太一はまたしてもうーんと唸って黙り込む。

真希はまたそれを見て、ふふっと笑った。

「では、その女性はどんな雰囲気の方ですか？　よく身につけていらっしゃるお洋服のお色ですとか、お好きなお色を入れると喜ばれますよ」

「ああ、えーっと黒？　が多いかな、服は……」

太一は頭を掻いている。

「黒ですか」

真希はあきれたように言った。

「どんな女性ですか？　雰囲気とか」

「雰囲気はなんというか、男っぽくて気が強そうって感じですかね。人を平気で足に使うような奴で。あ、でもけっこう繊細なとこもあって。あ、あと、花にはけっこううるさいかな」

太一はそう言うと、少し照れ臭そうににっこりと笑う。

「お客様、先ほどホワイトデーっておっしゃってましたけど」

真希は笑いながら、腕組みをして言った。

「その女性からはバレンタインデーに、なにももらってないんじゃありませんか？」

ええ、とうなずきながら太一は笑った。

「義理って言葉を知らないんですよ、彼女は」

そう言ってから、ああそうだ、と太一はなにかひらめいたように呟いた。

「さっきホワイトデーって言いましたけど、訂正します」

「ええ？」

　真希が笑うと太一は言った。

「ご用途。ホワイトデーじゃなくて、プロポーズに変更します」

「は？　ちょっと、タッちゃんなに言ってんの？」

「俺、本気だよ？　べつに今思いついて言ってるわけじゃない」

「誰に、誰にプロポーズすんのよ」

「誰って、真希に決まってるだろ。はやく作ってよ、花束」

　真希は開いた口がふさがらなかった。太一と向かい合ったまま。

◇絵美

「店長？」

　配達から帰ってきた絵美が、男性客を目の前に棒立ちの真希を見て何事かと思い声をかけた。

「店長？　大丈夫ですか？　なんだか顔色悪いですよ」

　絵美は真希と向かい合っている男性客を交互に見る。男性客は優しそうな微笑みを浮かべて真希を見つめている。

「あの、お客様ですよね？」

　声をかけると、「あ、うん」とロボットのようにガチガチに強張った表情で真希が言った。

「え、絵美ちゃん、このお客様に花束を」

「えっ!」

絵美は思わずぱあっと表情を明るくして叫んだ。

「店長! 作っていいんですか?」

何度となく練習してきた花束も、お客様の目の前で実際に作るのは初めてだ。

「ええ、もちろんできるわよね? 絵美ちゃん」

どきどきしながらうなずくと、真希が微笑む。

「じゃあ接客をお願いします」

真希は、強張っていた顔をゆっくりと綻ばせ、にっこりと絵美に向けて微笑んだ。

「はい……!」

真希と絵美のやりとりを見て、太一は言った。

「絵美ちゃん、っていったっけ?」

「は、はいっ!」

絵美は驚いて太一のほうを見た。

「大事な人にプロポーズするんだ。素敵な花束を頼むよ」

絵美は一瞬硬直した。

「プロポーズ……」

初めてお客様の目の前で作る花束が、プロポーズのための花束だなんて。

自分が作る花束が、彼の人生を左右してしまうかもしれないなんて。

「あのっ、わたし……」

絵美は真希の顔を見上げ、やっぱり代わってくださいと目で訴えた。

すると真希は小声で、「大丈夫。堂々と」と言って絵美の肩をぽんと叩く。

真希にそう言われたら、もうやるしかない。

絵美は小さくうなずいて「よしっ、堂々と」と呟いた。笑顔を作り、初めてのお客様、太一としっかり向き合った。

◇真希

十分後、絵美は不安げな表情で、「あの、いかがでしょうか？」と太一に言った。

花束の内容よりも先に、十分で作れたのはまず合格。許容範囲内。女性ならまだしも十分以上、花屋の店内で待っていられる男性客は少数派だ。

レモンリーフ、白いレースフラワー、淡いピンクのラナンキュラスや真っ赤なイチゴ草、花びらがフリルになったアイボリーのトルコキキョウ、ピンクのガーベラに、これまたピンクのスプレー咲きの小さなバラ。ピンクベースの淡いグラデーションは絵美らしく、彼女の内面が浮き出ているような感じがする。

柔らかな素材の白と薄いピンクのペーパーを重ね、ブーケタイプにコロンとまとめられた花束は、これでもかというほど乙女チックな仕上がりだ。

絵美にとって、プロポーズというのは最高にロマンチックなものなのだろう。

完成した花束を眺めて、真希は思わずくすっと笑ってしまった。

「ずいぶん女の子らしい花束だな」

太一はしばらくのあいだ花束をじっと見つめると、うーんと唸って腕組みをした。

「俺は花のことはわからないんだけど、なんだかその、愛に溢れてるって感じがする」

太一はうんとうなずくと、にっこりと笑って言った。

「なにも言わなくてもこの花束が『君が好きだ！　結婚してくれ！』って言ってるみたいだよ。プロポーズにはもってこいだ」

絵美は太一の言葉を聞くと、安心したように嬉しそうに笑った。

「だけどね」

太一は絵美の作った花束を抱え、恥ずかしそうに笑いながら言った。

「残念ながら、僕の大切な女性はちっとも可愛いげがないんだ」

絵美の後ろに立っている真希を見据えて、太一は爽やかな花の香りを吸い込んだ。

しっとりと水気を含んだ空気が体に染み込んでいく。

「おまけにひねくれていて、偉そうだし。女の子らしくもない」

絵美はふふっと笑い、情けない顔で笑う太一に言った。

「でも、とても愛していらっしゃるんですね」

太一は小さくうなずいて、「うん」と言った。

真希を見つめ、優しい花の香りを思い切り吸い込んで、ふうと息を吐き出した。

「真希」

太一は言った。

ロマンチックで愛に溢れた花束を両手で抱えて、真希が今まで見たこともない真剣な表情で。

「真希？」

太一がもう一度、真希の名前を呼ぶと、絵美が驚いて振り返る。

店長の真希は棒立ちで、小さく細かく震えている。

「……店長？」

絵美は不思議そうに、真希の顔を覗き込んでいる。

太一の真剣な眼差しが突き刺さる。

だってこんなに誰かに見つめられたことなんてなかったのだ。

武は何度自分を抱いたって、こんなに真剣な表情で自分を見たことは一度もなかったし、こんなに優しくてあたたかい声で、自分の名前を呼んだことなんてなかった。

いたずらっ子の小さな子どもを見る父親のような、あきれたような優しい眼差しで、愛に溢れた優しい言葉で包み込んでくれたことなんてなかった。

「あ、あのっ……プロポーズってもしかして……」

絵美が呟くと、太一は小さくうなずいて、にっこりと笑った。

◇絵美

「突然呼び出してごめん」

大学の最寄駅のホームで待っていた絵美の姿を見つけると、正樹は息を切らしながら駆け寄ってきて言った。

「あ、いえ……」

正樹の姿を改めて見ると、恥ずかしくなって俯いた。

まともに話すのはバレンタインデーの日以来、今日が二度目で、正樹の私服姿を見るのは今日が初めてだ。

バレンタインデーのあの日、初めて彼の名前を聞いたあの日。

恥ずかしさのあまりすぐに立ち去ろうとした絵美は、正樹から連絡先を聞かれたことに驚いた。けれどそのあと、この一か月の間、結局一度も彼から連絡がくることはなかった。単なる社交辞令に期待した自分がバカだった。少しでも浮かれてしまったことが恥ずかしい。そんなふうに思っていた。

そして今日、仕事が終わると知らないアドレスから届いていたメール。絵文字もなにもない飾り気のないひと言、【正樹です。仕事が終わったら連絡ください】。

もちろんいまさらそんな誘いがあるとは夢にも思っていなかった。だから仕事着の黒シャツに黒パンツ、スニーカーにいつものダウンジャケットを羽織っただけの格好で、ここまでやって来てしまったのだった。

「寒かっただろ、待たせてごめんな」

正樹は言った。

「あ、いえ……」

こんなとき、絵美は自分が田舎育ちでファッションにもこれといったこだわりがないことを悲しく思う。

おしゃれで背の高い正樹の隣を並んで歩くと、自分はずいぶん不格好に見えるのだろう。すれ違う女の子がいちいち振り返り、正樹と自分を見比べているのがわかるのだ。

「あの、どこへ行くんですか？」

絵美は隣を歩く正樹を見上げながら、おそるおそる尋ねた。

「今日はホワイトデーだから」

正樹は言った。

「バレンタインのお返しをしようと思って」

「そんな、わたし、お返しなんて……」

絵美は申し訳なくなって俯いた。

名前すら知らなかったくせに、突然押しかけてチョコレートを渡してきた女にお返しをしようなんて、どこまで義理堅い人なんだろう。

気を使って誘ってくれたのならなおさら、彼に悪いことをしてしまったと絵美は思った。

「ごめん、嫌だった？」

正樹が俯く絵美の顔を覗き込んだ。

絵美ははっとしたように顔をあげる。

「まさか！　そんなわけないです！」

正樹はそれを見て笑った。

「なら、よかった」

あんなにも憧れた正樹の笑顔が、こんなに近くにある。

こんなに素敵な人がホワイトデーの夜に、自分なんかと並んで歩いている。

絵美は今にも心臓が飛び出しそうな気分だった。

◇真希

「タッちゃん、わかってると思うけど」

停車した車内の沈黙に耐えられなくなって、真希は運転席の太一に向かって言った。

「わたし、結婚はできない」

助手席の真希の膝の上には、今日の昼間に絵美が作った花束がのっている。

太一からのプロポーズは、真希にとって嬉しくて涙が出そうなくらい幸せな出来事で、それを断る理由なんてひとつも思いつかなかった。

けれど、違うのだ。

「わたし、彼のことが好きなんだと思う」

真希は花束の淡いピンク色をしたトルコキキョウの蕾を指でそっと撫でた。フリンジという品種のこのトルコキキョウは、まだ開いていない小さな蕾でさえ、バラと見間違うくらいに華やかで美しい。

後悔するかもしれないと思った。これで太一がほかの人と結婚してしまったら、きっと一生後悔するに違いない。

だけど、これでいい。いや、こうしなきゃだめなんだ。

武の奥さんはきっと、たぶんどこかで気づいているに違いないから。ずっと、悲しい思いをしているはずだから。

「彼とのこと、なかったことになんてできない」

他人の幸せを壊しておいて、自分だけ幸せになるなんて卑怯《ひきょう》だ。

「わたし、タッちゃんには嘘をつきたくないの。だからごめん」

真希はそう言って俯いた。

「なあ、真希、覚えてる?」

はあ、と小さなため息を吐き出して、太一はぼんやり遠くを見るような目をして言った。

「なにを?」

自分の言ったことに対してなにも答えてくれない太一に少し苛立っていた。だからそれがわかるように、ぼそっと聞いた。

「俺たちが初めて喋ったときのこと」

太一は少しだけ笑顔になって、思い出すような口調で言う。

「覚えてる。たしかタッちゃんがわたしのこと、『マダマキ!』って言ったんだよ」

真希も遠い昔の記憶を辿りながら、坊主頭の太一を思い出して少し笑った。

「そうそう。真田《さなだ》真希なんて、親がギャグでつけたとしか考えられない」

太一はそう言ってまた笑う。

「違うわよ、失礼ね」

真希は強めの口調でそう言いながら、右の眉をつりあげた。

「結婚したら、真田の苗字がなくなっちゃうからって、母さんが」

結婚したら。真希はぼそっと小さな声でそう呟いた。

「結婚しなきゃ、一生お前はマダマキのままじゃん」

太一は笑いながらそう言うと、人差し指でトンっと真希のおでこをつつく。

「ちょっともう、やめてよ。子どもじゃないんだから」

真希は太一の手を振り払いながら言った。

「一回触ったら百円だからね」

真希は太一を睨んで言った。

太一に触れられるのは、困る。人の気持ちも知らないで、太一は昔のようにいたずらっぽく笑う。

「じゃあ千円払うから十回触ってもいい？」

「バカ」

「じゃあ一万払うから」

「タッちゃん、ほんとバカ」

真希が下を向いてため息をつきながら呟く。

顔をあげると、太一の顔が真希の目の前にあった。

「わっ！　タッちゃ……」

真希は思わず目を閉じた。

ほんの一瞬、だけど確実に、真希の唇にあたたかくて柔らかななにかが触れて、そっと離れる。今まで感じたことのない、ふわりとした柔らかな感触だった。

「すいません。我慢できなくて。一万、ツケでいいっすか？」

太一がおどけて笑いながら言った。運転席から無理に乗り出していた体を座席によいしょと戻しながら。

「バカ」

真希は小さな蚊の鳴くような声で、そう言い返すのがやっとだった。

◇絵美
絵美は店に着くなりトイレに駆け込んだ。

鏡を覗くと寒さと緊張で頬が赤くなっているのがよくわかる。白のダウンジャケットを脱いで、シュシュでひとつに結んでいた栗色の髪をほどいた。

柔らかくカールした毛先を手ぐしで整える。

仕事着のまま急いでやって来たものだから、足元はスニーカーだし、黒のパンツにはよく見ると緑色の葉の繊維がパリパリになってくっついていた。店で作業中に膝をついたときにくっついてしまったらしい。

絵美は鏡に映る自分を眺めながら大きなため息をついた。

「なんで着替えてこなかったんだろう」

こんなことなら少し遅れてでも一度帰って着替えて来るべきだった。まさかこんな店に来ることになるなんて。

「飲み物はなにがいい？」

席に戻ると正樹が言った。テーブルの上には小さくてセンスのいい生花のアレンジと、鮮やかな色のナフキンが凝った折り方でのせられている。

「あ、ええと、アルコール以外でしたらなんでも」

重量感のある高級そうな椅子に腰かけながら、なんとか言葉を発するのが精一杯だった。

「びっくりさせてごめん」

ようやくお互いがゆっくり向き合う形になると、正樹は絵美をしっかりと見て優しい口調で言った。

「実は初めてなんだ」

「えっ?」

絵美が目を見開くと、正樹はふっと恥ずかしそうに笑った。

こんな表情、見たことない。心臓がドクンと跳ねるのを感じた。

「女の子をいきなり誘ったの、初めてなんだ。だから、服のこととか、その、気がつかなくてごめん。仕事のあとに急に誘ったりして、迷惑だったよな?」

「い、いいえ! 迷惑だなんてとんでもない! そんな、わたしなんかでよかったら!」

絵美は両手をぶんぶんと振って大袈裟に答えた。


「君、うちの店の近くの大学に通ってただろ」

トマトとクリームが優しいグラデーションを描いたような、白身魚のパスタを器用に口に運びながら正樹は言った。

彼が食べているとどんなものでもおいしそうに見える、と勝手に感心していた絵美は驚いて「えっ?」と顔をあげた。

「どうして知ってるんですか? あ、わたしが店に通ってたから……」

絵美は恥ずかしくなって頬を赤らめた。

厨房でフライパンを振る姿、料理を皿に盛りつける姿、それを見ていたいばっかりに、毎日ランチを食べに通ったのだ。

厨房からは客の顔まで見えないだろうと思っていたから、穴が開くほどじっと彼を見つめることができたのに。

「さすがに毎日顔を見ていれば覚えるよ」

正樹はそう言うと、思い出したようにふっと笑った。

「厨房からも見えてたんですね……。かなり気持ち悪かったですよね、わたし」

絵美は穴があったら入りたい気持ちになった。

「いや、そんなことないよ」

正樹はにっこりと笑って、またパスタを一口ぶん器用に巻き取り口に運ぶ。

「てっきり君も、ユウトのことが好きなんだと思っていたから」

「いえ、わたしは」

絵美は言いかけて口をつぐんだ。

「ラッキーだったよ」

正樹は言った。

「バレンタインの日、ひとりで店にいてよかった。まさか滑り込みで君が来てくれるなんて、思ってもいなかったから」

目を細めて優しげに笑う正樹を、絵美はしばらくのあいだなにも言えずに見つめていた。

◇麻里子

日曜日の早朝。

まだ太陽が昇る前に目が覚めると、麻里子はベッドからするりと抜け出した。

安定期に入り目立ち始めたお腹のせいで、最近はよく眠れない。

リビングに移動してソファーにひとり腰かけると、夫の武のいびきがここまで聞こえてくることに麻里子はくすっと笑った。

愛する人の子どもを産むのは麻里子の夢だった。やっとその夢が叶うのだ。

麻里子はお腹を撫でながら、温めたミルクをゆっくりと飲む。妊娠中にコーヒーはよくないと聞いたからだ。

夫に愛人がいることは、ずいぶん前から知っていた。

問い詰めることはしなかった。聞かないのではなく、聞けなかった。

武がそういう女をなにより嫌うということを知っていたし、武が愛人に見せている顔は、外の人に向けた顔だとわかっていたから。

紳士的で優しく、堂々とした完璧な武に、誰が恋をしたっておかしくはない。

夫が自分のことを愛していることは、嫌というほどわかっていたし、離婚なんて考えたこともないということも知っている。

『麻里子は優しいな。いい奥さんだって、みんな言うよ』

優しくて、いい奥さん。

『ごめん、今日は晩飯いらなくなった。麻里子の料理が食べられなくて残念』

武の口から発せられるその言葉のすべてにひとかけらの悪意もないということが、余計に麻里子を悲しくさせた。

妻を傷つけないために武がつく嘘のひとつひとつが、麻里子をひとりぼっちにした。

だからこそ、今は自分の中に宿った、小さな命を守ることだけを考えている。

麻里子は温めたミルクをゆっくりと飲み干した。

◇真希

ガラガラとシャッターをあげる音が、まだ薄暗い駅前の広場に響き渡った。

今日は沿線の大学や高校の卒業式があり、店には大量の花束の注文が入っている。

真希は始発よりも早くタクシーに乗ってやって来て、寝ぼけ眼《まなこ》で店の鍵を開けた。

今日は絵美にも七時には出勤してもらうことになっている。

「よし、やるか！」

長いエプロンを腰に巻き、伝票をカウンターに並べて貼り付けると、真希は腕まくりをして花束作りに取りかかった。

一枚目の予約注文は、千円の花束を十六個と、三千円の花束を二個。普段なら考えられないような個数の予約が、あと十件近くある。

卒業式の日は飛び入りの注文が多いうえに、客が学生ばかりで単価が安く、一度に注文される花束の個数が多いのが特徴だ。

飛び入りに対応して売り上げを伸ばすためには、開店してから予約分を作り始めたのではとても追いつかない。

真希は手始めに、十六個の小さな花束を作るためにボリュームのあるカスミ草を枝分けしてそれぞれに割り当てた。

安くボリュームを出すには葉物選びも重要だ。

小さな花束には使い勝手の良い、グリーンに白のラインが入った美しい葉が特徴のドラセナホワイボリーを十六本。あとはメインとなる花と脇役の花を予算内で決めるだけだ。

真希はぐるりと店内を見回した。メインはガーベラ、添える花はボリュームのあるアルストロメリアとチューリップ。シンプルかつ、安くて可愛いらしい花材たち。

卒業式用の花束は、それぞれにあまり花材を変えないほうがいい。

同じ場所で一度に渡すものだから、差がついてしまっては渡す側が迷ってしまう。

真希は手早く、嵐のような勢いで同じ花束をいくつも作る。

静かな店内に、ハサミの音と葉が床に落ちる音だけが響いている。

眠気と軽い二日酔いでぼんやりしていた頭が、ハサミを動かす度に少しずつ目覚めていくのがわかる。

命を切り取られた花たちの、まだ瑞々しい茎をシャキ、シャキと切ることで、その命のパワーをもらって真希は生きている。

だからつらいことがあっても、翌日にはもう新しい切り口から水と命を吸い取ってなんとか生き延びることができる。

お互い様だ、と真希は思う。自分が水の中で茎を切ってやらなければ、花は死んでしまうのだ。

◇絵美

絵美は薄暗い朝の街を、駅に向かって歩いている。

目を閉じて朝の空気を吸い込むと、ついこのあいだの出来事が、またしても鮮明に頭の中によみがえった。

あれ以来、ふとした瞬間に、あるいは目を閉じるだけで、正樹の顔が浮かんでしまうのだ。

絵美は思わずにやけてしまう。こんなに幸せでいいのだろうか。なにもかもがうまくいきすぎて、長い夢でも見ているような気さえする。

正樹との初めての待ち合わせ。初めて向かい合ってふたりで食事をしたこと。

正樹が食事をしながら話してくれた、家族のことや実家で飼っている犬のこと。

いつかは自分で本格的なイタリアンの店を出したいと思っているということ。

絵美は少しだけ自分の話もした。

花が大好きで、花屋になる夢が諦めきれなくて、大学を卒業してから今のフラワーショップでアルバイトを始めたこと。

店長の真希は綺麗だけど気取らなくて優しい、素敵な女性だということ。

その店長の真希が、目の前でプロポーズをされて驚いたこと。

正樹といると自然に笑うことができて、信じられないくらいたくさん食べることができた。

ふたりでゆっくり食事をして、別れ際に正樹が言った。

『また誘ってもいいかな』

だめなはずがない。いいに決まってる。絵美は大きく深くうなずいた。

これが夢ならどうかこのまま醒《さ》めないで。そう思いながら。

◇麻里子

「そう、今日病院へ行ってきたらね、もういつ産まれてもおかしくないくらいだって」

麻里子はリビングのソファーに深く腰かけて、携帯電話に向かって嬉しそうに話す。

「うん、そうなの、男の子」

「本当は産まれるまで聞かないでおこうと思ったのよ？　でもね、エコーでばっちり見えちゃったのよ」

そう言って、麻里子が幸せそうに笑う。

「うん。先生も笑いながら、『ああ、男の子ですね』って。タケルさんも、男の子がいいって言ってたものね」

柔らかな表情で微笑みながら、麻里子は優しくお腹を撫でた。

妊娠九か月に突入し、お腹の赤ちゃんも順調で、先生の話では予定日よりも早く産まれるかもしれないという。

「わたしたちの子どもが、やっと産まれてきてくれるのね。なんだか夢みたい」

麻里子は言った。

「ええ、じゃあ、もう切るわね。また連絡してね」

電話を切ると麻里子はリビングの壁に掛けられた時計を見ながらお腹に手を当てた。

「元気に産まれてきてね」

お腹の赤ん坊のたしかな鼓動を感じながら、麻里子はゆっくりと目を閉じた。

◆武

ホテルのベランダで電話をしていた武が部屋に戻って来ると、真希は不機嫌そうに言った。

「奥さんと?」

武はにっこりと笑って首を横に振る。

「違うよ」

真希の細長いしなやかな腕が、シーツからにょきにょきと二本伸びている。どうしてこの女はこうまで魅力的なのだろうと武は考えた。

きっと好きなことをしているからに違いない。好きな花に囲まれて一日を過ごし、なにかに縛られることなく生き、自分という好きな男と寝ているからだと武は思った。

この女はすべてが麻里子とは違うのだ。

「ねえ、武。子どもが生まれる前に、別れましょう。わたしたち」

真希は突然そう言った。

ついさっき自分と裸で抱き合ったばかりの女は、少しも言い淀むことなく、悲しそうな表情を浮かべることもなく、まるでもうずっと以前から決めていたかのようにそう言った。

「なにを言ってるんだ、いくらなんでもいきなりすぎるだろ」

まさかエイプリルフールだとでも言うつもりなのだろうか。この女ならやりかねないと武は思った。

いや、そうであってほしいのかもしれない。

「わたし、本気よ。武の子どもに罪はないから」

真希はほんの少しだけ、ほんの少しだけさみしそうな表情を浮かべてそう言った。

「それにわたし、パパって呼ばれてる武には、魅力を感じない」

◇真希

真希はベッドから抜け出てするりとブラウスを羽織り、細身のパンツに長い脚を滑り込ませると、薄手のコートを肩にかけて立ち上がった。

「今までありがとう。楽しかった」

武にそう言って、ホテルの部屋のドアの前に立つ。

「さよなら、武」

「真希、もう会えないのか」

武は言った。武はずるい。優柔不断な男をバカにするくせに、こういうことはいつも女に決めさせる。大事なことはすべて。

「ええ」

真希はひと言そう答え、武がひとり残った部屋のドアをパタンと閉めた。

エレベーターの前で真希はひとり立ち止まった。

涙が溢れて止まらなかった。

ずっとつらい思いをしてきたはずだった。

やっとこれで先の見えない関係を、終わりにすることができたのに。

自分を抱いたあと、武が帰ってしまうのを見るのがつらくて、自分が先に部屋を出るようになったのはいつからだっただろう。

もっと早く出会っていればと何度思ったことだろう。

いっそ子どもを作ってしまおうか、そうすれば武を奪えるかもしれないと何度考えたことだろう。

武と繋がっていられるのは、抱き合っているときだけだった。そんな悲しい恋がようやく終わるのだ。喜びはしても涙を流す理由なんてないはずだ。

今日で全部終わりにしよう。武との思い出を全部、涙で流してしまえばいい。

真希はエレベーターの前で泣き崩れた。

「やぁ、こんにちは」

店に入って来た短髪の若い男が、少しぎこちない様子でそう言ってにっこりと笑った。

半袖一枚で出歩くにはまだ少し早いんじゃないのと思いつつ、真希は若い男の視線を辿る。

「あ……」

それに気づいた絵美が驚いて頬を赤く染める。

あらら、と真希は思わず微笑んだ。

なんてわかりやすい反応をするんだろう。

こんなふうに素直になれたら、と真希は絵美を少しうらやましく思った。

「いらっしゃいませ」

耳まで真っ赤になった絵美が短髪の男に向かって言うと、男は優しげな笑顔を絵美に向けた。

初々しくて爽やかで、なかなかお似合いのふたりだ。

「母の日に、花を送りたいんだけど」

見た目によらず高めの穏やかな声で、男は絵美にそう言った。

きっとそれを口実に、絵美が仕事をする姿を見にきたに違いない。

絵美が慌てた表情で「あ、ええと」と小声で呟きながら真希を見た。

それに笑顔で返した。

「絵美ちゃん、そちらのお客様の接客お願いします。ゆっくり相談に乗ってあげてね。あ、わたしはちょっと、文房具の買い出し行ってくるから」

そう言いながら、そそくさとショップバックを持ち、「じゃ、お願いねー」と困り顔の絵美をひとり残して店を出る。

きっと彼が、例のバレンタインの彼に違いない。

「……悪い男じゃ、なさそうよね」

他人の恋愛ごときに年甲斐もなくこんなにもドキドキしてしまうのは、純粋な絵美のことが心配でたまらないからだ。

真希はたしかめるように呟いて歩きだした。

◇絵美

「あのっ、正樹さん」

思いもよらず正樹に会えた驚きと嬉しさの入り交じった感情で、しどろもどろになりながら絵美はどうにか口を開いた。

「あの、どうして……」

花屋で働いていることは話したけれど、まさか来てくれるなんて思いもしなかった。

正樹は恥ずかしそうに、少し間を置いて黙り込んだ。

そしてひとつひとつの花を丁寧に愛でるように、じっくりと狭い店内を見回した。

「実は前から知ってたんだ。君がここで働いていること」

「えっ？」

絵美は驚いて息を飲んだ。棒立ちになっている絵美に、正樹は少し真剣な顔つきになって言った。

「時々この店のガラスの向こう側からじっと見てたんだ。バレンタインのあの日よりもっと、ずっとずっと前から」

「うそ……」

開いた口がふさがらなかった。彼が自分を見ていたなんて、そんなドラマみたいな素敵な話があるんだろうか。

「驚いた？　だからあの日、君が店に来たときは本当にびっくりしたんだよ。おいおい、幻か？ってね」

正樹はまた恥ずかしそうに、ふふっと笑う。

「落ち込んだときも花に囲まれて幸せそうな君を見てたらさ、なんだかこっちまで元気になれる気がしてた」

体中の力が抜けたような気がして、なにがなんだかわからなくなった。

カチャンと音を立て、持っていたハサミが床に落ちた。

神様、どうかこの夢が永遠に醒めませんように。

絵美はただそれだけを願った。

◇真希

真希は黒のエプロンをつけた制服姿のまま、近くにある文具店に向かってゆっくりと歩いていた。

気を利かせて店を出てきたものの、なにか買うものはあっただろうかと考えていると、ふと可愛いらしいカフェが目についた。

店の前には丸太で作られたプランターがあり、ライムグリーンのポトスや斑入《ふい》りのアイビーが、ゴールドクレストとともに寄せ植えされている。

「ちょっと休憩でもするかな」

真希は新しくオープンしたらしいその店に、時間潰しに少し立ち寄ってみることにした。

近くまで行くと透明の扉が自動で開き、甘いメープルの香りとコーヒーのいい香りが広がる。真希はあいていた窓際のテーブル席を選んで腰かけた。

店内には、テーブルでノートパソコンを開いている男性客がひとりと、夫婦らしい男女が一組、仲良さげに向かい合って座っていた。夫のほうはコーヒー、妻は紅茶を飲んでいる。

いかにも温厚そうな雰囲気の夫はがっちりとした体つきで、仕事の休憩中なのかスーツ姿だった。

妻のほうは、すれ違う人のほとんどが振り返るような品のある美人で、よく見るとお腹が大きく前にせり出している。どうやら妊娠中らしい。

真希は大きくふくらんだお腹を見て、ぎゅっと胸が締めつけられる気持ちがした。

武の子どもはもう産まれたのだろうか。

あれ以来、武とは一度も連絡を取っていない。

正確に言うとあれからすぐ、携帯の番号もアドレスもすべて変更して、武とは連絡が取れないようにしてしまっていた。

そうまでしないととてもじゃないけれど、武からの連絡を無視する自信なんてなかったのだ。

口ひげを生やした五十歳くらいの男性店員が、真希の座った席に注文を取りにやって来た。白髪混じりではあるが、かなり整った顔立ちで、見ようによっては俳優にでもなれるかもと思うほどのオーラを持っているように感じさせた。

「あ、アイスカフェラテとスコーンをお願いします」

手書きのメニューを見ながら真希が言うと、男性店員はメモも取らずに小さくうなずいて、カウンターの向こう側へ戻っていった。

接客としては最悪だが、彼の立ち居振る舞いはこのカフェの静かな雰囲気にはよく合っている気もして、不思議と嫌な気分はしなかった。

斜め向かいの夫婦は楽しそうになにやら語り合っていて、妻が時折見せる甘えたような表情と、それを愛おしそうに眺めながらうんうんとうなずく夫の優しそうな空気がふたりの絆の強さを物語っているように思えた。

このふたりのあいだに産まれてくる赤ちゃんは、さぞかし幸せになるんだろうなと真希は思った。

それと同時に、あのとき武と別れたのはやはり正解だったとも思った。

産まれてくる赤ちゃんの幸せを、危うく壊すところだったのだ。

落ち着いた照明の中に窓から差し込む昼下がりのあたたかい光が心地よい、静かな店内で飲むカフェラテは思いのほかおいしく、サックリとした焼きたてのスコーンは冷たいカフェラテと口の中で見事なまでに溶け合った。

このおいしいカフェラテを太一にも飲ませてやりたいとつい思ってしまったのは、幸せそうな夫婦を見てしまったからかもしれない。

今頃、絵美は真っ赤な顔で彼のお母さんに贈る花を選んでいるのだろうか。

窓から外を眺めながら、真希は思わずひとりでふふふと笑った。

◆猛《たける》

「あ、アイスカフェラテとスコーンをお願いします」

斜め向かいに腰かけた、全身黒の見慣れない服装をした女が言った。

細身で手足が長く、美人だが少し気が強そうな雰囲気があまり自分の好みではないなとコーヒーを啜りながら猛は思った。

やはり彼女に勝る女はそういない。

猛は自分の向かいに腰かける麻里子の品のある整った顔立ちと、保護本能を刺激する柔らかそうな女性らしい体のライン、美しい白い肌をまじまじと眺めながら心の中で呟いた。

「あ、あれはきっとお花屋さんね」

自分の視線の先に気づいた麻里子が小声で嬉しそうに言った。

「あの黒い服の女の人？」

猛が尋ねると、麻里子は人差し指を立てて「シッ、大きな声で言っちゃだめ」と形のよい唇を動かした。

「腰にハサミやナイフを入れるケースをつけているでしょ？　それにほら、よく見るとエプロンに緑色の繊維がくっついている」

麻里子は少しだけ得意げにそう言った。

「本当だ。なるほど」

猛はそう言われてから見ると花屋にしか見えないな、と小声で呟いた。

「麻里子は探偵になれるんじゃないか」

そう冗談のつもりで言ってから、ヘンなことを言ってしまったと後悔した。探偵なんて、彼女を傷つけてしまったのではないか。

麻里子は気にしない素振りで「でしょ?」と言い、お腹をさすりながら優しく微笑んだ。どこまでも優しい女なのだ、麻里子は。

「もう産まれるんだな、俺たちの子」

猛は腕組みをして言った。

こういう愛のかたちだってある。麻里子がそれを望むなら、と猛は自分に言い聞かせた。

第二章　シロツメクサ

開花時期　四月〜七月
花言葉　わたしを思って　復讐

◆猛

麻里子は優しすぎる女だった。

麻里子と出会って彼女を知れば知るほど、麻里子を奪いたくて仕方ない、その気持ちがどんどん自分の中でふくらんでいくのを感じるようになっていた。

猛は思う。

武が麻里子をあんなふうに傷つけさえしなければ、自分はただ陰から麻里子を見つめているだけの存在でいられたはずだった。

麻里子。

猛は彼女のことを思うたび、彼女だけは一生自分が守ってやらなければと心に誓う。

彼女のことを想うたび、彼女の望みならどんなことであろうと叶えてやりたいと願ってしまう。

たとえそれが、他人から見れば歪《いびつ》な愛のかたちであったとしても。


榎本《えのもと》武は完璧な男だった。

学生時代からスポーツも学校の成績も優秀で、その上笑うと目尻が下がるタイプの端正な顔立ちのおかげで、とにかく女には人気がある男だった。

猛は武と同じサッカー部に所属していたこともあり、絶対的エースの武とゴールキーパーの猛は、気がつけばなにかと一緒に行動する友人同士になっていた。

武とサッカーについて語るとつい熱くなって時間を忘れるほどで、チームメイトとして、エースとしては、武は最高の男だった。

けれどただひとつ、ひっきりなしに相手が替わるという武の女癖の悪さにだけは、理解も共感もできなかった。同時に何人かの女と付き合っているという話は武にとって武勇伝のようなもので、けれどもそれらは猛にとってはなによりつまらない、どうでもいいような話だった。

大学を卒業して四年、しばらく連絡が途絶えていた武から突然会いたいと連絡があり、そのとき初めて、結婚を考えている相手として麻里子のことを紹介されたのだった。

あのとき、せめて結婚前に武の女癖の悪さを麻里子に話してやることができていたら、もしかしたら少しは状況が変わっていたかもしれないと思うと、今でも猛はやりきれない気持ちになる。

仕方なかったのだ。

武は麻里子と出会って変わったのだと、あのときはたしかにそう思えたのだから。

五年前。

結婚式で見た、麻里子のウエディングドレス姿はまぶしいくらいに美しかった。たくさんの人たちに祝福されて幸せそうに笑うふたりを見ると、猛もふたりはこれできっと幸せになれると信じて疑わなかった。

きっと武は麻里子と出会って変わったのだ。男が落ち着くというのはこういうことなのだな、と感心さえした。

そのわずか一か月後だった。

「俺さぁ、こないだ花屋の女の子とやっちゃったんだよね」

猛は始め、武がなんのことを言っているのか理解できなかった。

「は？　花屋？」

喫茶店で向かい合い、煙草を吸いながら、学生時代とまるで変わらない軽い口調で突然吐き出されたせりふに、猛は思わず嫌悪感剥き出しの顔で聞き返した。

「やっちゃったってお前……」

武はふっと笑いながら、灰皿にグリグリと煙草を押し付ける。

「だってさ、俺が結婚したばっかなの知ってて俺のこと好きだって。しかも美人だし」

猛はなにも答えることができなかった。武はなにひとつ変わっていなかったのだ。

麻里子という素晴らしい女性と結婚しておきながら、平然とほかの女に手を出し、それを学生時代と同じ軽さで自分に話してくるのだから。

「お前、なにも変わってないんだな」

猛はそう言うと、立ち上がってその喫茶店をあとにした。

麻里子と武が結婚し、新築マンションに引っ越してからは、猛はほかの友人たちとともに何度となくふたりの新居に招かれるようになっていた。

武はもちろん、学生時代からの友人である猛やほかの友人たちが妻に浮気のことなど話すはずがないと思っている様子だったし、猛自身も、なにも知らずに幸せそうにしている麻里子を、わざわざ傷つけたくはなかった。

猛は口を閉ざし、ふたりの前では最低限の会話以外しないと決めていた。

もともと不器用な猛に気を使ってか、なにも知らずにいつも黙って微笑みかける麻里子が猛にはいじらしく思えた。

そしていつしか、麻里子に本気で惹かれ始めている自分に気がついていた。

安っぽい同情や下心なんかではない。

もしも麻里子が悲しい思いをするようなことがあれば、どんなことをしてでも彼女を支えてやるつもりだった。

武と浮気相手の関係は、そのあとも続いているようだった。武は仕事や飲み会と称して女と会っていることも珍しくなく、猛以外の友人がそのアリバイ作りに協力させられることもあった。

武の家に集まって麻里子の手料理を振る舞われているときも、ふとした会話から武の嘘がばれてしまいそうになると友人たちが慌てて話を合わせることも多かった。

「あんな綺麗な嫁がいて、バチが当たるぞ」

話を合わせたあとにこそっと仲間から言われるせりふさえ、武がむしろそう言われたがっているように、浮気を自慢しているようにさえ思えてならなかった。


そして、二年前のある日。

いつものように友人たちとともに家に招かれたときのことだ。

猛以外の友人たちが煙草を吸いにベランダに行き、武がトイレに立った隙に麻里子が突然言ったのだ。

「隠すのも、大変でしょう?」

猛はその言葉で、すべてを悟った。

「知ってるのか」

麻里子は悲しそうな笑顔でうなずいた。

その瞬間、麻里子の瞳が少しだけ潤んで見えたのは見間違いではないだろう。

「知ってて、黙ってるのか」

麻里子は静かにうなずいた。

麻里子は言った。騒いだって、彼が浮気相手を忘れるわけじゃない。だからいいの。

「今まで嘘をついていてくれてありがとう。猛さんは、優しい人ね」

麻里子がそう言って笑うと、猛はそれ以上なにも言うことができなかった。

その日の帰り際、猛はこっそり麻里子に連絡先を手渡した。

「つらくなったら連絡して」

不器用な言葉だと思った。

もっともっと言ってやりたい言葉がたくさんあるのに、こんなふうにしか伝えることができないなんて。

「ありがとう」

そう言ってうなずいた麻里子から、連絡がきたのは半年もたってからのことだった。

猛は麻里子のことを忘れようとしていた。

麻里子を支えたいという自分勝手な気持ちだけで、表面的には仲の良い夫婦であるふたりを引き離そうとするのはとんだお節介なのかもしれないと思い始めていたからだ。

「相談したいことがあるの」

携帯電話ごしに、今にも泣きだしそうな声で麻里子は言った。

「いいのか、俺なんかで」

猛は緊張と迷いで声が震えた。

友人である武に黙って麻里子の相談に乗ってやることがなにを意味するか、それがわからないほど猛は子どもではなかった。

「猛さんがいいの」

麻里子の言葉で、今まで感じたことのない、胸が締めつけられるような感覚が押し寄せる。

麻里子に求められること、それはふたりが結婚してから四年以上も自分が望んでいたことだ。

「今すぐ行くよ」

猛は自分の体の奥底から、黒くて大きななにかが湧き上がるのを感じていた。


真夜中だった。

「武は？」

沈黙を破ったのは猛のほうだった。

車の助手席で叱られた子どものようにぽろぽろと大粒の涙を流す麻里子に、こんな時間に夫はなにをしているのかと聞くのは酷だということはわかっていた。

だけどそれを聞くのが自分の役目だということも、猛は不器用なりに理解しているつもりだった。

「武はまだ帰ってきてないのか」

猛がぶっきらぼうに尋ねると、麻里子はずずっと鼻を啜りながら小さく頷いた。

「女のところか」

猛は容赦しないつもりだった。

自分はなぐさめるために呼ばれたわけではない。

共感してなぐさめてほしいなら女友達を呼べばいいのだから。

「連絡は」

麻里子は黙って首を横に振る。

少し落ち着いてきたのかハンカチで涙を拭っている。

「で、俺はどうすればいい」

麻里子がはっとしたように猛を見た。

泣きはらした目は赤く充血していて、薄手のカットソーの上からでもわかる麻里子の細い肩は、抱きしめたくなるのをこらえるのが精一杯だった。

「武がやっていることは、正しいことじゃない」

猛は冷静に、言葉を選ぶことで自分自身を落ち着かせようとした。

「君が武を許せないなら、別れるという選択肢だってある」

それに、と猛は言った。

「君がやめてほしいと言えば武はやめる可能性だってある。浮気くらい話し合って解決している夫婦はいくらでもいる」

麻里子はゆっくりと猛を見た。

なにかを訴えるような、そんな強い意志をもった目だった。

「それとも」

猛は小さく深呼吸をして、そして言った。

「武に仕返しをするために、俺に抱かれても構わない?」

麻里子が驚いたように顔をあげる。

猛は続けた。

「こんなときに言うのはずるいんだろうけど、俺は君が好きだ」

麻里子がそのとき、自分を愛していたかと聞かれれば、答えはノーだと猛は思う。

けれどその夜、たしかにふたりのあいだには微かな愛が存在し始めたのだ。

自分は罪深く、卑怯な男だった。

麻里子を抱いてなにかが解決するわけではないと知りながら、溢れ出す想いを止めることができなかったのだから。

「タケルさん」

麻里子が掠れた声で自分の名前を呼ぶたびに、猛は嫉妬に狂いそうになる。

麻里子は武に抱かれているときも、こうして彼の名前を呼ぶのだろうか。麻里子が武の下で身をよじる表情を想像するだけで身震いがした。

自分と名前の同じ、麻里子の夫。

猛《たける》と武《たける》。学生時代はよく名前を書き間違えられたものだった。そのことがまさか、こんなにも自分を苦しめることになるとは夢にも思わなかったけれど。

そして一年前、麻里子は突然こう言った。

「猛さん、わたし、あなたの赤ちゃんがほしい」

思ってもみないせりふだった。

「武と別れて俺と結婚するということか」

猛が聞くと、麻里子はゆっくりと首を横に振った。

「わたし、あなたの赤ちゃんを産むわ。わたしと夫の子として」

猛は麻里子の言っていることが理解できなかった。

「俺と結婚するのがそんなに嫌か」

猛が吐き捨てるように言うと、麻里子は大きく首を横に振り、「違うの」と言った。

「あの人が、どんな顔をするのか見てみたい」

麻里子は猛が見たこともないような強い目をして言った。

「別れるのは、それからでも遅くないでしょう?」

そう言った麻里子の冷たい表情は背筋が凍りつくほど美しく、そのとき初めて、猛は麻里子が夫のことを心から恨んでいるのだと思い知らされた。

麻里子の弱さにつけこんで、無理矢理抱いたと思い込んでいた自分はとんだ大馬鹿野郎だった。

自分の気持ちを利用して、麻里子は自分を抱いたのだ。

◆正樹

正樹がそれを発見したのはちょうど一年前だった。

駅前の広場に友人のダンスの練習を覗きに行った正樹は、そこから見える光景に一瞬で目を奪われた。

花のマークと、店の名前が描かれた白いバンから、自分の体ほどもある細長いダンボール箱を次々と運び出し、積み重ねていく小柄な女の子。なにより驚いたのは、彼女が笑っていることだった。それもひとりでダンボール箱を運びながら。

彼女が大切そうに抱える大きなダンボール箱の中身が気になって、正樹はこっそりあとをつけてみた。ちょうど下手くそなダンスにも飽き飽きしていたところだったから。

「……うわ、すげえ」

正樹は思わず声をあげた。

彼女の運び出した大きな箱からは、次々にたくさんの花が出てきたのだ

全身真っ黒の出で立ち。ゆるくカールした柔らかそうな髪。それを後ろでひとつにまとめている。メイクはあまり得意ではないらしい、と感じたのは職業柄、いろいろな女の子を毎日眺めているからだ。

「お花屋さん、か」

その日から、正樹は駅前に行くとこっそりその店を覗くようになった。

たくさんの花に囲まれて、幸せそうに笑う彼女を見るために。

そうしてある日、正樹はあることに気づいた。

彼女を見たことがあったのだ。それも一度や二度ではない。ついこの間まで、彼女はほとんど毎日のように、自分の働く店に自分の作る料理を食べにやって来ていた学生だったのだ。

そしてあのバレンタインの夜。

もう店を閉めようという時間になって、奇跡は起こった。

彼女がひとりで突然やって来たのだ。

紙袋に入ったチョコレートを大切そうに抱えて、頬に黄色い花粉をつけたまま。

神様なんて信じたことはなかったけれど、正樹はそのとき、バレンタインの神様がちょっとしたイタズラ心で彼女をここに連れてきたのかもしれないと思った。

小さな花の妖精が、チョコレートを持ってやって来た。

正樹は思わずその光景を思い出し、くくっと笑った。

◇真希

毎年のことだが母の日前の一週間は、早朝から深夜までほとんど眠らず店に缶詰状態で作業をすることになる。

真希は目の下にできたクマをコンシーラーで隠しただけの状態で、今日店で売るぶんの真っ赤なカーネーションに一本ずつ丁寧にフィルムを被せていた。

母の日当日までに到着する五十件以上もの配送作業を終え、真希も絵美も母の日当日を迎えた今朝はすでに疲れがピークに達していた。

「もう見飽きちゃったわよね、カーネーション」

真希はふうとため息をつきながら呟く。

長さを揃えてカットし、下のほうの葉を取って花を守るための透明のフィルムを被せて水につけておくと、あとは保水をしてリボンをかけるだけですぐにお客様に手渡すことができる。

黙々とカーネーションにフィルムをかける真希の隣では、真希に負けず劣らず眠そうな表情の絵美が、オアシスと呼ばれる生花用の給水フォームをひとつひとつナイフでカットしてセットし続けている。

「ねえ、絵美ちゃん」

真希が疲労困憊ムードを和らげるように、なんとか笑顔を作って絵美に向かって話しかけた。

絵美は真希の言葉に顔をあげる。疲れは隠せないがどこか清々しい表情をしているようにも見える。

「そういえば、昨日は素敵な男の子が来ましたよ」

作業の手は休めることなく、思い出したように絵美が言う。

「小学校一年生くらいの男の子が、『母の日の花をください』って言うから、てっきり赤いカーネーションのことだと思ってラッピングして渡そうとしたんです、そしたら」

絵美はいたずらっぽく嬉しそうに笑う。

「その男の子、なんて言ったと思います？」

真希は首を傾げた。

「なんて言ったの？」

「『それじゃない、これ』って言ってローテローゼを指さしたんですよ」

ローテローゼは深い赤色をしたスタンダードなバラの品種だ。

「へえ。母の日に赤いバラか、ロマンチストね」

真希は感心したように言った。

「将来いい男になるわね、きっと」

「わたしもそう思います」

絵美はそう言うと、真希と目を合わせてふふふと笑った。

「そういえば絵美ちゃん、例の彼とはどうなったの？」

真希がからかうような口調で言った。

「あの彼がバレンタインの彼なんでしょ？」

絵美は耳まで真っ赤になっている。

「あ、そうなんです。店長のおかげでバレンタインにチョコレート渡せたのに、報告遅くなってすみません」

「いいわよ、べつに」

真希はあははと笑いながら言った。

「それで、うまくいってるの？　彼とは」

耳まで真っ赤になった絵美が、作業の手を止めて嬉しそうに言った。

「連絡先を教えてもらって、一度ご飯を食べに行きました」

絵美が恥ずかしそうに話すと、真希は驚いたように目を見開いた。

「えっそれだけ？　じゃあまだなんにもしてないの？」

「それだけです。彼がわたしのことどう思ってるのかも、わからないですし」

ざく、ざく、と給水フォームをナイフでカットしながら、絵美は自信なさげに俯いた。

あいかわらずピュアだなぁ、そんなの勢いでやっちゃえばいいのに、と真希は言おうとしたが、絵美には刺激が強すぎるような気がしたので言わないことにした。

「あ、でも今日、彼お店に来るんでしょ？　母の日のプレゼント、花束で予約入ってたよね？」

「あ、はい。最初はお届けのご注文だったんですけど、近くならご自分で渡したほうが喜ばれますよって言ったら、じゃあ取りに来ますって正樹さんが」

絵美が言うと、真希はにやりと笑った。

「ふうん、正樹っていうんだ、彼」

「あ、はい」

こんなふうに純粋な女の子に戻りたいと真希は思った。

何年も前から自分の心は荒んで汚れてしまっている。もとはどんな色だったのか、今となってはもうわからない。

頬を赤らめたままの絵美が、思い出したように言った。

「そのクッキー、おいしいですよね」

つい先日、園山が差し入れとして持って来たクッキーのことだった。甘いものに目がない絵美は休憩時間におやつがあると俄然《がぜん》テンションがあがるらしい。

「園山マネージャーって、素敵ですよね。かっこよくて、仕事ができて、おしゃれだし」

絵美はうっとりとした表情を浮かべる。

さっきまでバレンタインの彼の話で真っ赤になっていたはずなのに、と真希は笑った。

たしかに彼には、独特の色気と人を引き寄せるなにかがある。

いつも落ち着いていて感情を表に出さないぶん、ミステリアスにも見える。

一見冷たそうに見えて、なにを考えているのかわからない。そういう男に惹かれるという女の子は、意外に多いだろうなと真希は思った。

「そう？　わたしは全然そうは思わないけどな」

真希が答えると、「えぇー」と絵美が不服そうに言った。

「わたし、園山マネージャーは店長のことが好きだと思うんです」

真希は「はぁ？　なんでよ、意味わかんない」と笑ったが、絵美の顔は真剣そのものだ。

「店長は、太一さんとマネージャー、どっちが好きなんですか？」

ああ、と真希は頭を抱えた。絵美には武とのことを話したことはないからだ。

隠したいわけではなかったが、純粋な彼女に本当のことを堂々と話す勇気はなかった。

恋人のいない自分がプロポーズまでしてくれた太一と付き合わないのは、ほかに好きな人がいるからだと絵美が思うのも無理はない。

「どっちのことも、好きなんかじゃないわよ」

そう言いながら、園山になら一度抱かれてみるのも悪くないと思っている自分はつくづく最低だと思った。

園山になら、武とのことを話してもわかってもらえそうな気がする。

どうしようもなくさみしい夜に抱いてほしいと言えば、きっと黙って抱いてくれるだろう。

いったい、いつから自分はこんな嫌な女になってしまったのだろう。

自分が本当にほしいものは、いつも決して手に入らないものばかりだ。

太一からプロポーズをされたあの日、車の中でキスをしたあの日。

あまりに一瞬の出来事で、真希はただぎこちなく笑うことしかできなかった。

『真希が結婚したくなるまで、待つよ、俺』

いつものように笑いながら太一は言った。

『今まで散々待たされてきたんだからな』

優しくて、誰より信用できる存在である太一。

太一の言葉はいつも真希にとって、武のどんな甘いせりふよりも、ずっとずっと幸せな魔法だった。

太一に抱かれたらどんな気持ちがするのだろう。

太一はどんな顔で自分を抱くのだろうと真希は時折考える。

どんなふうに自分のために愛の言葉を囁き、どんな声で快感に身を委《ゆだ》ね、どんな表情をするのだろう。

「さ、おしゃべりはこれくらいにして今日もがんばろ！　今日は売れるわよ」

真希は言った。忙しさでなにも考えられなくなればいい。

あっという間に一日が終わってしまえばいい。

「はい！　がんばります！」

絵美の元気な声と笑顔に、気持ちが少し安らいだ気がした。

◆武

「いったいどういうことなんだ」

かつて親友だと思っていた男と向き合いながら、冷静を装って武は言った。

カタカタと足が震え、声はうわずっている。

「麻里子とふたりで俺を騙していたっていうのか」

そう言った武の正面には、妻の麻里子と猛が並んで腰かけ、テーブルのそばの真新しいベビーベッドには産まれたばかりの赤ん坊がすやすやと寝息をたてている。

「すまない」

猛は落ち着いた低い声でそう言った。どうして否定しないのだ、頼むから嘘だと言ってくれよと武は目で訴える。

自分が築いた幸せなはずの家庭は、もう一年以上も前からすでに壊れていたというのだろうか。

「あなたが悪いのよ」

ぞっとするほど冷たい表情で麻里子は言った。

「わたしが猛さんに頼んだの。猛さんはなにも悪くない」

そう言って、時折ベッドの赤ん坊をちらちらと心配そうに覗き見る麻里子の表情は、幸せな母の表情そのもので、武は絶望的な気持ちになる。

「麻里子」

自分を誰より愛してくれていたはずのこの女は、もうこれっぽっちも自分のことを愛していないというのだろうか。

「どうしてそんなに悲しそうな目をするの？」

麻里子はあきれたような顔つきで、冷たく言い放った。

「これであなたも、自由になれるわ」

本当にそうなのだろうか、自分が望んでいたのは本当にこんな結末なのだろうか。

麻里子を愛しているからこそ、麻里子に愛されているという自信があったからこそ、奔放な真希との付き合いを心から楽しむことができたのだ。

真希に別れを告げられたとき、なにもなかったかのように家に帰ることができたのは麻里子がいたからだ。

「麻里子、聞いてくれ。俺は」

俺は、なんだと言うのだろう。

今さら麻里子を愛しているなんて言ったところで、いったいなんになるのだろう。

心優しい女性だった麻里子がこんなにも冷たい表情になるまでに、どれくらいの涙を流したのか、自分には想像もつかない。

どれほどさみしい思いをしたのだろう。麻里子は結婚してから五年ものあいだ、眠れない夜をどれだけ過ごしてきたのだろうか。

ずっと知らないふりをして、辛い思いをして耐えていた麻里子。自分が麻里子の人生を壊してしまったのだ。

「わたし、もうあなたのこと愛してない」

そう言った麻里子は、なぜか目に涙をためていた。

◇真希

オレンジとレモンイエローのカーネーション、白い一重咲きのマトリカリアに小ぶりのヒマワリ、黄色のミニバラとグリーンのヒペリカムを合わせた爽やかな初夏を思わせるブーケを、絵美は優しいベージュと濃いブラウンのペーパーでふわりと包み、暖色系の紙ひもで結んだ。

「なんだか元気いっぱいって感じね。彼のイメージ？」

真希はできあがった花束を見て言った。

「ハイ。正樹さんのお母さん、ひまわりが好きだって言ってたので」

絵美は恥ずかしそうに花束を専用の紙袋におさめ、フラワーキーパーにしまう。

「赤いカーネーションばかりじゃ、面白みがないものね。絵美ちゃん、ほんとに花束上手《じょうず》になった」

真希は心から感心して言った。

レモンイエローとオレンジとグリーンの組み合わせが爽やかな絵美の作ったブーケは、母の日の定番である赤い色が中心の花束たちの中でひときわ輝いてみえる。

「すごく素敵。彼のお母さん、きっと喜ぶわね」

「そうだといいんですけど……」

「大丈夫。わたしでもほしいくらいよ、その花束」

不安げな絵美の肩に手を置き、真希はにっこりと微笑んだ。


「絵美ちゃん、お疲れさま。あとはわたしが片付けとくから、もうあがっていいわよ」

時計の針が夜の十一時を指すと、真希はうーんと深呼吸をして言った。

「今なら終電、ギリギリ間に合うでしょ？」

「いいんですか？」

売れ残ったカーネーションのバケツの水換えをしていた絵美が言った。

「いいわよ、今日は忙しかったし疲れたでしょ？　早く帰ってゆっくり寝ないと、お肌荒れちゃうわよ」

真希は笑いながらロッカーから絵美のバッグを取り出し、手渡しながら言った。

「はい、お疲れさま。絵美ちゃんがいてくれて、ほんとに助かった。ありがとう」

絵美はそれを受け取ると、嬉しそうに頭を下げた。

「いえ、ありがとうございます！　明日からもがんばります！」

「気をつけて帰ってね、絵美ちゃん」

真希は店を出て駅に向かう絵美の後ろ姿に手を振った。

「あら？」

すると、絵美の後ろ姿を走って追いかける、背の高い影が目に入る。

「あ」

どうやらあの影は、昼間花束を取りに来た例の彼のようだ。絵美が出てくるのを待ち伏せしていたらしい。

真希はひとりでふふっと笑った。

◇絵美

「絵美ちゃん！」

終電に乗るため改札に向かって走っていると、聞き覚えのある声に呼び止められた。

まさかと思って振り返る。

「正樹さん……」

月明かりに照らされた正樹があまりに絵になっていたものだから、その姿に一瞬見とれて立ち止まる。

「はっ！　終電！」

はっと我にかえって絵美が腕時計を見ると、その瞬間、駅から最終電車の発車を知らせるアナウンスが鳴り響いた。

「あーあ、終電逃しちゃったね」

正樹が肩をすくめてにこっと笑いながら言った。

「お詫びに家まで送らせてくれない？　あと、今日の花束のお礼に」

絵美は去っていく最終電車を見送りながら、黙ってこくりとうなずいた。

◇真希
駅前にあるショップの共同金庫に今日の売上金を納めると、真希は警備室の窓口に声をかけた。

「遅くなっちゃってごめんなさい」

警備員の制服をきっちりと着こなしたおじいさんが真希の言葉に顔をあげる。

「今年もよく売れたか？」

「ええ。だから片付けもこんな時間になっちゃった」

真希は全身黒の制服からすでにTシャツと細身のデニムに着替え終わって、肩から大きめのレザーバッグをかけている。

母の日に帰りが夜中になるのは毎年のことで、いくつもある駅前のショップの中でも毎年一番最後に金庫に売上金を預けに来る真希を、おじいさんは優しい笑顔で迎えてくれる。

「おじさん、ありがとう。お疲れさま」

真希はそう言うと、タクシー乗り場に向かって歩きだした。

「すみません、港町までお願いします。住所は」

客待ちをしていたタクシーに乗り込み、自宅の住所を言い終えると同時に、真希は一瞬で眠りについた。

「お客さん！　着いたよ、お客さん」

タクシー運転手の声で目が覚める。

「えっ、あ、もう着いたんだ」

重い瞼を無理矢理持ち上げ、料金を支払うと自動で扉が開く。

「すみません、ありがとうございました」

タクシーを降り、ようやくゆっくり眠ることができると思ったそのときだった。

「真希！」

真希の体がびくんと震えた。

振り返らなくたってわかる。

背中に感じる気配はほかの誰のものでもない。振り向いたら、一貫の終わりだ。

真希は黙って歩きだし、マンションのエレベーターの前で立ち止まった。エレベーターのランプは、八階のところでチカチカと点滅を続けている。

足音が聞こえ、真希の後ろでぴたりと止まった。

「真希」

愛した男の声だった。

彼の名前を呼ぶだけで涙が溢れてしまうほど、恋した男の声だった。

彼と過ごした五年間、それは真希にとって途方もなく苦しく長い時間で、だからこそ、心だけでなく皮膚が、粘膜が、彼に反応してやまない。

「真希」

振り返る前に後ろから抱きしめられると、少しだけ懐かしい彼の香りがふわっと漂った。

清潔感のある、お日様の香り。

香水をつけない彼からいつも漂ってきたのは、彼の妻が洗濯した、柔軟剤の香りだった。

「やだ、やめて」

声が震える。

「武、嫌だ、苦しいよ」

そんなふうに嫌がれば嫌がるほどきつく抱きしめるのは武の癖で、そんなことはわかっているはずなのにたしかめるように言ってしまうのはまだ彼を愛しているからなのかもしれない。

「離して」

「嫌だ。離さない」

いけないいとわかっているはずなのに、どうして人は同じ失敗を繰り返してしまうんだろう。

◆太一

マンションの前にキューブを停め、太一は腕時計をちらりと見た。

毎年、五月の第二日曜日。一年で一番忙しいこの日、深夜に真希を迎えに行くのが恒例だったが、今日はついに真希からの連絡がこなかった。くたくたに疲れ切って帰ってくる真希をマンションまで送り届けるのは、いつも自分の役目だったのに。

疲れて助手席で眠る真希を、何度愛しく思ったことだろう。

あれ以来、真希は迎えに来いとは言わなくなってしまった。きっと困っているに違いないのに。

真希の大好きなシュークリームを買って待っていてやろう。そう思いついたのはつい二時間ほど前のことだ。

緑色のタクシーがマンションの前に止まり、今にも倒れそうな危なっかしい歩き方で真希が車を降りて来る。

「やっと帰って来やがったか」

そう呟くと、太一はキューブのエンジンを切り、シュークリームの箱を手に車を降りた。

真希を追いかけて、マンションのエントランスをくぐり抜ける。

「お疲れ！　ま」

声をかけようとしたその瞬間、真希は背の高い男に後ろから抱きしめられていた。

抵抗することもなく、真希は抱きしめられたまま人形のようにぴくりとも動かない。

「真希……」

男が真希の肩を抱いてふたりはエレベーターに乗り込んだ。

太一はシュークリームの箱を持ったまま、しばらくその場所を動くことができなかった。

◆武

お互いひと言も話さないまま、武と真希は散らかった部屋に滑り込んだ。

お互いの服を剥ぎ取るように乱暴に服を脱ぎ捨てて、夢中でキスを交わしながらベッドに潜り込む。

武は真希の背中に何度も何度も口づけながら、両手で真希の細い腰に手を当て、月明かりを浴びて白く光る美しい背中を眺めていた。なにかに追い立てられるように真希を抱いてしまうのは、出会った頃からの癖だった。快感とともにすべてを吐き出したあと、深呼吸してようやく正気に戻ったときにはもうすでに、真希は涙を流しながら武の腕の中で眠りについていた。

よほど疲れていたのだろう。

普段は自分に涙を見せたがらなかった真希が、怖い夢を見た子どものように武の胸に小さくうずくまって眠っていた。

自分はいったいなにをしているのだろう。

武は眠っている真希の髪を撫でながら考えた。

麻里子を幸せにしてやることができなかった上に、こんなふうに傷ついた心を、自分が散々傷つけた女で癒やそうとするなんて。

真希の頬に光る涙の跡をぼんやりと眺めながら、麻里子もこうして自分を待ちながら何度も泣いたのだろうかと想像すると、いたたまれなくなった。

誰よりも愛する麻里子を傷つけてまで、自分はなにをしていたのだろう。

武は真希の細くしなやかな背中をそっと抱きしめた。

◆正樹

「こんな車だけど、ちゃんと動くから大丈夫だよ」

近くの駐車場に絵美を案内すると、ひと目でいかにも古いとわかる白いワゴン車の前で立ち止まって言った。

「今日ひさしぶりに実家に帰ったらさ、親父がもう使ってないって言うから借りて来たんだ。汚いけど、ちゃんと走るよ」

そう言った正樹につられて、絵美がクスッと笑った。

「そんなことないです。すごく素敵な車だと思う」

正樹はぶっと噴き出した。

「まぁ、ある意味レトロでおしゃれと言えなくもないな」

ふたりが乗り込んで正樹がエンジンをかけるとブロロロと大きな音がして、絵美と正樹はまた顔を見合わせて笑った。

「さすが、年代物は音が違うな」

「母さん、花束すげぇ喜んでたよ。『正樹が花くれるなんて思ってもみなかった』ってさ。あんな喜んでる母さん初めて見た」

絵美はほっとした表情で、「よかったぁ」と言った。

「心配してたんです、好みじゃなかったらどうしようって」

正樹は絵美をちらりと見ると、ふっと笑いながら言った。

「絵美ちゃんてさ」

「はい？」

絵美が不思議そうに運転席の正樹を見上げる。

「絵美ちゃんてさ、子犬みたいだな」

「犬、ですか」

恥ずかしそうに絵美が下を向く。

「うん、子犬。人懐こくて可愛いくて、撫で回したくなる」

そう言うと、絵美はまた真っ赤になって俯いた。

「それに、すごくたくさん食べるしね」

「そんなにたくさん食べません！」

「俺が作ったランチ、あんなにおいしそうに食べてくれるのは、絵美ちゃんくらいだったよ。お客さんがおいしそうに食べるのを見てたら、作ってよかったって思う。花束も一緒だろ?」

きらきらと、澄んだ瞳で絵美が正樹を見上げると、正樹は思わず絵美の頭を撫でた。

びくんと絵美の体が跳ねる。

「あのときのチョコレートだけどさ」

赤信号で停車すると、絵美の顔を覗き込むように言った。

「本当に俺のために持ってきてくれたの?」

「も、もちろんです! 正樹さんの名前は知らなかったけど、本当にずっと好きで!」

勢い余ってそう言い終えたあと、絵美ははっとしたように手のひらで口をおさえた。

「はっ、ああもう。わたし、なに言ってんだろう」

正樹はそれを見てまたぷっと噴き出した。

「よかった。ユウトのことが好きだったんじゃなくて」

絵美はまた黙って俯いた。

「可愛いアパートだね。なんだか積み木みたい」

絵美の部屋の前に車を止めると、正樹は言った。

「今日はいきなり驚かせてごめん。ていうかなんか俺、いつもいきなりだな」

正樹が笑うと、絵美もつられてふっと笑う。

「いいえ、送ってもらえて助かっちゃいました。ありがとうございました」

「じゃ、帰るわ。絵美ちゃん、今日はありがとう」

絵美は少し考えてから、思いきってこう言った。

「あの、よかったらうちでコーヒーでも飲んでいきませんか？」

正樹はそれを聞いて、驚いたように絵美の顔を見た。

「あ、その、ヘンな意味じゃなくて、えっと……」

しどろもどろになりながら絵美が顔を真っ赤にすると、正樹はふっと笑顔でうなずいた。

「ありがとう。いただくよ」

◆園山雅人

「ママ、ちょっと痩せたんじゃないか」

園山雅人は馴染みのスナックで、ワインレッドのソファに腰かけながら言った。

「あら、嬉しい」

体のラインのわかるぴたっとしたタイトスカートに、胸元を大きく開けた白いブラウス。とうに還暦を過ぎているはずのママは、カウンターに戻りながら低めの声で答える。カウンターテーブルの上に無造作に置かれたあるものに、園山は目を見開いた。

「懐かしいな、シロツメクサの冠か。それママが作ったのか」

「まさか。孫が作って持ってきたのよ。雅ちゃんも作ったことあるの?」

「ああ、小さい頃、女の子とばかり遊んでいたからね。ていうかママ、孫がいたの。初耳だ。しかし痩せたな、ママ」

「そうかしら。嬉しいわ。この歳になるともう簡単にはスタイルを保てなくてね。なんせ、おばあちゃんだし」

「心配しているんだけどな、俺は」

園山はいびつな形の冠を眺めながら言った。今の子でも、こういうものを作るんだなとなぜか少しだけ嬉しく思う。

自分もそれだけ歳を取った、ということなのだろう。

ひとりでも飲める落ち着いた雰囲気とママのキャラクターが好きでここに通うようになって、もう十年になるのだから無理はない。

「人の心配ばっかりしてないで、雅ちゃんも早くお嫁さんもらわないと。来年四十歳なんでしょ」

ママがいつものせりふを言い、園山の隣にブルーのドレス姿の若い女が座った。

「新しく入った、ナミちゃん」

ママにナミちゃん、と呼ばれたその女がにこっと笑って頭を下げる。長い金髪の巻き髪に白い肌、つくりの派手な顔立ちに濃いメイクの美人だ。

「雅ちゃんはね、デザイナーなの」

「へえ、すごいですねえ」

「そんなかっこいいもんじゃないよ」

ママやめて、と園山は言った。仕事上、会場装飾のデザインを考えたり作ったりもするが、デザイナーと言われるのは嫌いだった。

「でも、顔はすごい男前ですねえ」

ナミは言った。彼女の言葉の微妙なニュアンスが気になって、園山は尋ねる。

「関西出身？」

「あれ？　わかっちゃった？　隠してたつもりやったのに」

ナミはがっかりしたように言った。

「関西人は面白いって思われてるでしょ？　だから嫌なんです」

園山は笑った。

「ママ、この子面白いね」

「だから、面白いって言われたくないんですよー。あ、ビール頼んでいいですか」

「もちろん、どうぞ」

園山とナミのやりとりを見て、ママは笑った。赤い口紅がぎらりと光る。個性的な顔立ちはどう見ても美人ではないが、この店に来るとなぜか楽しい気分で酒が飲める。

「雅ちゃんがそんなに楽しそうに笑うのは、ひさしぶりだわね」

「そんなことないだろう。俺がいつも機嫌悪いみたいじゃないか」

「あはは、そうなんですかぁ」

「だから、違うって」

ママはまだ笑っている。

「ナミちゃんはなんで関西から出てきたの?」

園山はそう言ってウイスキーを口に含ませる。

「ええ、そんなこと聞くんですかー」

「いや、言いたくなかったら言わなくてもいいけどね」

ナミは少しだけ黙って、お世辞にも上品とは言えない飲み方で勢いよくビールを飲む。

「ぷはー」

それを見て、園山はまた笑った。

「いい飲みっぷり。美人が台無しだ」

ナミは笑っている。

「ナミちゃんはね、男を追いかけて出てきたんですって」

ママがうふふといたずらっぽい笑みを浮かべる。それを見てナミは拗ねたような表情になる。

「もう、雅ちゃんはかっこいいから内緒にしようと思ったのにー」

園山はあははと笑い、「そうなんだ、なるほど」と言った。

「彼には、会えたの？」

「まだ会ってません」

ナミはぷうと頬をふくらませた。可愛い女だな、と園山は思い、また機嫌よく酒を飲み始めた。

第三章　アジサイ

開花時期　六月〜七月
花言葉　移り気

◇真希

ブルーのアジサイと淡いピンクのハイドランジアが店頭を彩る六月。

しっとりと湿った空気に暑さが重なって、人間もアジサイのようにブルーな気分になりがちだ、と真希は店のカウンターから外を眺めながら思う。

涼し気なライトグリーンの薄い葉が細い茎にたくさんついた、湿気が大好きなアジアンタムを白い陶器の器に植え替え、透明のガラスベースに生けたアジサイの切花とともに店頭に飾った。

ジューンブライドとはいうけれど、日本でこの時期に結婚式をあげる人たちの気がしれない。当日が雨になる確率が、いったい何パーセントあると思っているのだろう。招待客のせっかくのスーツやドレスが犠牲になって、その上帰りはほしくもない引き出物やサンクスギフトを雨の中大量に持ち帰る羽目になるというのに。

ジューンブライドは女のエゴだ。

それでもこの時期のブライダル需要はやはり目を見張るものがある。

真っ白いカラーをシンプルに束ねただけのクラッチブーケや、淡いピンクと白のカップ咲きの香りのいいバラを何種類も組み合わせた、オーダーメイドのショートキャスケードブーケは、真希がもっとも得意とする分野でもある。

今日もひとり、今月レストランウエディングをあげるという女性客との打ち合わせを予定している。

「雨、止みませんねえ」

床に落ちた葉をほうきで掃いていた絵美が、外を眺めながらため息をついた。

「そうね」

真希もぼんやりと外を眺めながらそれに答える。

仕事に身が入らないのは、天気のせいだけではない。

武が離婚すると聞いてから、自分がどうしたいのかわからなくなっていたのだ。

◆武

麻里子のいない家に帰るのは苦痛だった。

ぱりっとアイロンのかかっていないシャツを着ることも、朝になっても昨日脱ぎ捨てたスーツがまだ同じ場所にあるということも。ベッドで眠ることすら麻里子がいなければどうすればいいのかわからない。

この部屋から奪われていった麻里子。

誰より大切な女だったはずなのに、どこで間違ってしまったのだろう。

麻里子に捨てられた自分になど、なんの価値もない。そう気づかされたのは、会社の同僚に妻が出ていったという話をしたときだった。

『榎本、それはお前、自業自得だよ』

一番仲がよかった同僚はひと言そう言って、哀れむような目で自分を見た。

いくら後悔してももう遅い。

今さら麻里子に謝ったところで、猛を愛し、猛とのあいだにできた赤ん坊の母親となった麻里子はもう帰ってはこないのだから。

なにもする気が起こらず、武は乱雑に散らかったフローリングの床に座り込む。

自分が愛してやまなかった、麻里子の幸せそうな優しい笑顔を思い出し、気づけばぼろぼろと大粒の涙を流していた。

「ううっ、麻里子、まりこ……」

◇麻里子

猛のことを初めて紹介されたのは、二十四歳のときだった。

三つ年上の婚約者、武の学生時代からの親友だという猛に、麻里子は不思議な印象を持った。婚約者の武と、漢字違いの同じ名前だということも、興味を抱いた理由のひとつではあったけれど。

婚約者の武は、どちらかというと女性の扱いには長けていて、麻里子に対してもいつも堂々と振る舞っている男だった。

出会ったときも、武はごく自然に麻里子に連絡先を聞き、スマートに食事に誘い、まるで水が流れるように自然に恋人関係になった。

断ることを申し訳ないと思わせるほどに完璧な立ち居振る舞い、誰に会わせても好印象な武と結婚するのは当たり前であるようにも思えたし、箱入り娘でのんびりしている麻里子は、武のような積極的でリーダーシップのある人と一緒にいるのがいいと、周りの友人らからも何度も言われた。

誰にとっても魅力的な男、それが榎本武という人で、その彼が女性に人気があるのは当然といえば当然だった。

武の携帯電話のアドレス帳にはいつも、どこから疑えばいいのかわからないくらいに女性の名前が満載だったし、逆に武に対して女性関係の話を尋ねることはタブーな雰囲気さえあった。

その武の親友にしては、猛はどう見ても不器用で生真面目で、付き合いにくい男という印象だったのだ。

それはサッカー部の絶対的エースとゴールキーパーという、ポジションの違いからくる勝手なイメージなのかもしれないが、ふたりの性格がそれぞれのポジションに当てはまりすぎていて、麻里子は思わず笑ってしまったのだった。

麻里子は今でも忘れない。

クスリと笑った麻里子に対して、猛が威嚇《いかく》するような表情で初めて発した言葉。

『なにがおかしい？』

初めて会ったばかりの女性に対して、それはあまりにも配慮に欠けた不器用な振る舞いだった。

彼が女性を愛したらどうなるのだろうと思った麻里子は、いつしか猛に惹かれ始めている自分に気がついた。

彼の時折見せる優しさには嘘がなく、女性の扱いに長けた武のそれとは違っていた。


「おはよう、麻里子」

隣で猛がベッドから上半身を起こし、麻里子を見下ろす形になっている。

「猛さん、もう起きてたんだ」

目をこすりながら麻里子もゆっくり体を起こす。

ダブルベッドのそばに置いたベビーベッドでは、赤ん坊がすやすやと寝息を立てている。この子には、どんな未来が待っているのだろう。

男の子だから、猛のように強く優しい人に育ってほしい。少し不器用で、口下手なくらいがちょうどいい。

「昨日はよく眠れた？」

猛が麻里子と赤ん坊を交互に見ながら心配そうに尋ねる。

「ええ。二回くらい目が覚めて泣いていたから抱っこして授乳したけど、そのあとはぐっすり」

麻里子が微笑む。

猛は満足げな表情で、「そうか」と言うとベッドから立ち上がった。

「俺がコーヒーでもいれるよ。あ、麻里子はノンカフェインのやつだったな」

「うん。ありがとう」

猛が逞《たくま》しく優しい男だということは、武を通じて知っていたけれど、こんなにも注意深くマメな性格は、猛と一緒に暮らすようになるまでわからなかったことだ。

家の中ではソファーにどっぷりと腰かけて、自分では一歩も動こうとしなかった武とは、なにもかもが正反対だ。

今はこうして猛と過ごす休日の朝がなによりも幸せな時間で、主婦として武のためにすべてを捧げていた頃には感じられなかった、自分がなによりも大切にされているという実感を味わうことができる。

「猛さん」

麻里子はコーヒーの準備をしている愛する人に駆け寄ると、大きな背中にぎゅっと抱きついた。

「うわっ！　びっくりした！　危ないだろ、麻里子」

笑いながらそう言って振り返った猛の頬に軽くキスをして、麻里子はこの幸せを一生離さないと心に誓った。

◆園山

ガラスボードのデスクに散らばった書類の山。デスク上にはところどころに目を休めるための小さな観葉植物が置かれている。

親指サイズの小さなサボテン、シンゴニューム、テーブルヤシ。

薄い葉に細い茎、乾燥に弱いアジアンタムは、世話が苦手な自分ではきっとすぐに枯らしてしまうだろうと考えながら、オフィスでイタリア製のチェアに深く腰かけ、園山雅人はため息をつく。

社長が所有するフラワーショップの売上が、ただ一店舗、真田真希が店長を務める店を除いて、ここのところどこも前年を下回っている。

望んで引き受けた店舗マネージャーの仕事ではなかったが、やはり面接は人事部に任せるのではなかったと、園山は後悔していた。

自ら選んで店長に引き上げた真田真希だけが、思ったとおりの好成績を出し続けているからだ。

花屋の経験はない園山だが、売れる店に必要なものなら知っている。

売れる花屋の店長にもっとも必要なのは、経験年数や技術ではない。持って生まれたセンスと洗練されたビジュアルだ。ビジュアルといっても美人であればいいというわけではなく、いかに花屋らしいかが重要で、まさに真田真希の外見はそれにピタリと当てはまる。

売れる店には独特の雰囲気があり、それを作りだすのは店長だ。季節ごとに変わる店頭のディスプレイ、そしてスタッフの醸し出す空気。

真田真希が店に立っているだけで、道行く人が振り返って店を覗き込み、吸い寄せられるように花を買う。

人を引き寄せているという自覚がないのだろう。彼女はいつも平然と仕事をこなしている。

初めて店で見た瞬間から、園山は彼女を店長にすると決めていた。

彼女のことをいい女だ、とも思う。

付き合う女に不自由したことはないが、美人でも女を武器にする女や、アジアンタムのように手のかかる弱々しい女は自分の好みではない。けれど真田真希はそうではない。

センスがよく、黙って着実に結果を残す彼女にはアドバイスももはや必要ない。

店を訪れて彼女と話すと、いつも強い眼差しの奥に時折どこかさみしげな表情が浮かぶ。

クリスマス、年末年始、バレンタインに、母の日の準備と配送作業に追われるゴールデンウイーク。

恋人と過ごすべきイベントを、ことごとく仕事で深夜まで店にいなければならない花屋という職業で、普通のサラリーマンと付き合うのは難しいだろうと園山は思った。

真田真希はどんなイベントでも、深夜まで店に残って翌日の準備を完璧に済ませ、報告書を送信してくる店長だ。恋人がいるなら少しでも早く帰宅して彼に会いたいと思うはずなのだが、彼女にはそれがない。

「わけあり、ってやつか」

園山はぼそっと呟いた。

この歳にもなると、身近な既婚者の友人には若い不倫相手がいる者も珍しくはない。とくに自分のように普段から遅くまで仕事をしている友人たちは、不倫もなかなかバレないのだという。

真田真希の眼差しの奥にある、さみしげな表情の原因はひょっとしたらそれかもしれないと園山は思った。

◇絵美

「天の川って、見たことある？」

助手席の絵美に向かって正樹が言った。

七夕の今日、絵美が真希とともに店の片付けを終えると、携帯電話に正樹からメールが届いていた。

【仕事が早く終わった。迎えに行くから待ってて】

相変わらず素っ気ない文面だったけれど、絵美は正樹に会える嬉しさで胸が高鳴った。

正樹を初めて自分の部屋に招き入れたあの日、緊張で自分のいれたコーヒーの味すらちっともわからなかったけれど、ゆっくりとふたりきりで話をすることができた。

絵美が自分の生まれ育った町は星がとても綺麗に見えて、秋には絵に描いたような紅葉で山が彩られるという話をすると、正樹はとても興味深そうに耳を傾けてくれた。

正樹は男ばかりの三人兄弟の末っ子として自由奔放に育ったことなどを、面白おかしく笑いながら話してくれた。

緊張していた絵美もたくさん笑って気持ちが溶けた頃、正樹は自分から『そろそろ帰るね。コーヒーごちそうさま』と言ってにっこりと笑った。

もっと正樹と話をしたいなと思った。だけど正樹が『これ以上ここにいたら俺、なにするかわかんないからね』と笑って言ったので、帰ってもらうしかなかったのだ。

今日も真希にからかわれて真っ赤になりながら、絵美は駅前の広場で真希と別れ、いつもの駐車場で正樹の白いワゴンに乗り込んだ。

「俺、天の川ってプラネタリウムでしか見たことないんだよね」

正樹が車のフロントガラスから空を眺めてぽつりと言った。

「わたしの住んでた田舎では見えましたよ、天の川」

絵美が故郷を懐かしむように正樹に言った。

「晴れた日に、近くの山に登ってよく星見たなぁ」

正樹は驚いた顔でへぇと呟いた。

「そうなんだ。うらやましいな」

「ど田舎ですからね」

絵美がふふふと笑いながら言う。

「もう何年も見てないなぁ。正樹さんにも見せてあげたい」

絵美の言葉に正樹が「あのさ」と真剣な表情をして言った。

「さん、いらない。正樹でいいよ」

「えっ、でも」

戸惑う絵美に、正樹は思いついたように、突然言った。

「絵美ちゃん、今から天の川見に行かないか?」

「えっ、今からですか?」

「そう、今から。星がよく見える場所がここから二時間くらいのところにあるらしいんだ」

正樹は絵美の顔を覗き込み、「せっかくの七夕だし、ね?」と言って笑った。

「帰りが遅くなると、まずいかな?」

「いえっ、そんなことはない、です」

「じゃあ、行こう」

正樹はカーナビすらない車のシートのポケットから、ぼろぼろの地図を取り出した。

絵美は両手でズボンの太ももをぎゅっと握りしめていた。

一緒にいると自分がどんどん正樹に惹かれていくのがわかるからだ。

こうして話ができるようになった今も、正樹の横顔をみているといつの間にか、体がふわふわと地につかなくなる。

バレンタインに初めて話したときよりずっと、もっと正樹のことを好きだと感じているのがわかるのだ。

ときどき、ブロロ、と音を立てる古くて優しい白いワゴンで、こんなふうに正樹の隣に座って、ふたりきりで天の川を見るためにどこかに向かっているなんて。

絵美は、幸せすぎて今でも信じられない気持ちだった。

「正樹さん、わたし、あなたのことが好きです」

ブロロ、とマフラーが唸るような音が聞こえた。

空は少しずつ星が増えて、きらきらといくつも小さな光を放っている。

正樹は黙って、左手で絵美の右手をぎゅっと握った。

絵美の体がびくんと跳ねる。

トクトク、トクトクと体中が心臓になったような気がした。

落ち着かなくちゃ。そう思うほど、鼓動は激しさを増していく。

右手の上にそっと置かれた正樹の左手が、絵美の右手の指と指の間にそっと重なってぎゅっと握りしめられると、それ以上なにも考えることができなかった。

「あ、あの、運転危ないんじゃ……」

絞り出すような掠れた声で絵美が言うと、正樹がふっと笑って落ち着いた声で言った。

「大丈夫。片手でも運転はできるよ」

絵美は黙り込み、思わず目をつむって下を向いた。

二十三歳にもなって、自分はなんて臆病で情けない女なんだろう。

男の人に触れられただけで、こんなにも取り乱してしまうなんて。

「なぁ、絵美ちゃん」

優しい声で正樹が自分の名前を呼ぶ。

もうそれだけで、呼吸ができなくなるくらいに胸がいっぱいになってしまう。

反射板があるだけの暗い夜の道を走り抜けると、左右に一面の田んぼが広がった。

空には月と、数え切れない星、星、星。

「うわあ……」

「もう少し先まで行ったら、車を降りてみようか」

たしかめるように絵美の右手をぎゅっと握り、正樹が言うと、絵美は黙って頷いた。

「わぁ、すごい！」

山の中腹あたりの見晴らしのいい場所で、正樹と絵美は車を降りた。

都会では見られない満天の星に、静かに流れる天の川。

「ねえ、あれが天の川？」

あとから車を降りてきた正樹が、星空を見上げながら絵美に尋ねる。

絵美はうっとりと空を眺めながら、ゆっくりとうなずいた。

「近くにこんなに星が綺麗な場所があったんですね」

「でも、なんだか想像と違うな。もやっとして雲と見間違えそうだよ」

正樹は腕組みをして、夜空に霧がかかったような天の川を不思議そうに見つめている。

「すごいですね、織姫と彦星は」

絵美が言った。

「一年に一度しか会えない恋人同士が、お互いのことを想い合っていられるなんて」

正樹はそれを聞いて、ふっと笑って絵美の近くに寄り添った。

「ふたりはね、結婚しているんだよ」

「……えっ？」

絵美が驚いた表情で正樹を見上げた。

「あんまりにも夫婦の仲がよすぎてね、織姫も彦星も働かなくなってしまったんだ。それを見かねた織姫の父親が、ふたりを引き離したんだって」

「知らなかった」

ぽかんとする絵美に、正樹はにっこりと微笑みかけた。

「だからね、ふたりはそんなにかわいそうではないんだよ」

きらきらと輝くふたつの星が、夫婦なのだと知って絵美はなぜだか穏やかな気持ちになった。

「よかった。天の川を見たら、いつも悲しい気持ちになっていたから」

絵美が嬉しそうに正樹にそう言うと、正樹はまたふっと笑ってゆっくりと絵美の肩を抱き寄せた。

「ねえ、絵美ちゃん」

絵美がおそるおそる顔をあげた。

心臓の音が正樹に聞こえてしまいそうで、絵美は思わず胸に手を当てる。

「はい」

正樹は小さく深呼吸をして、夜空を見上げて言った。

「俺と付き合わない？」

正樹は絵美の肩を抱いたまま、絵美の顔を覗き込んだ。

「だめかな？」

絵美はぶんぶんと首を横に振る。

「そんなわけないです」

「よかった」

絵美は正樹をじっと見つめた。

夢じゃない。

本当に、こんなに近くに彼がいる。

あんなにも憧れた彼が、すぐそばにいる。

正樹は両手で絵美の肩を引き寄せて、優しくそっと抱きしめた。

「好きだよ。ずっと好きだった」

耳元で囁かれた言葉に、絵美は思わずぽろりと涙を零していた。

「わたしも、好きです」

満天の星の下、正樹は絵美の唇にそっと口づけた。

絵美の生まれて初めてのキスは、車の中で正樹が飲んでいた、苦いコーヒーの味だった。

帰りの車の中でも正樹の左手は絵美の右手を優しく握りしめていて、信号待ちで、あるいは道路の脇に車を止めて、ふたりは何度も何度もキスをした。絵美はぎゅっと目を閉じる。

織姫と彦星も、ひさびさの逢瀬を噛みしめるように、こうやって何度も深いキスを交わしたのだろうか。

別れを惜しむように彦星が織姫の手を握り、何度も抱きしめたのだろうか。

絵美は窓の外の星空を眺めながら、そんなことを考えていた。

◆太一
太一は小さな写真立てに収まった、一枚の写真を見ながらベッドに寝転がっていた。

小学校の遠足で行ったダリア園の写真には、色とりどりに咲き乱れたダリアに囲まれて、嬉しそうに笑う真希と太一が写っている。

いつからだろう。

こんなふうに、真希のことをひとりの女として愛するようになったのは。

初めて付き合った彼女とは、真希からお土産でもらったキーホルダーをどうしても外せなかったことが理由で別れた。

大学時代に付き合った彼女とは、初めて免許を取ったときに一番に真希を助手席に乗せてドライブをしたことが原因で別れた。

「お前のせいで俺はまたふられた」と太一が真希に向かってぼやくと、あっけらかんとした顔で「タッちゃんにはわたしがいるじゃん」と、真希はいつもそう言って笑った。

真希の笑顔が見たくて、真希と同じ時間を過ごしたくて、気がつけばいつもいつも真希のことばかり考えていた。

男と別れたと言っては愚痴を言うためだけに太一を呼び出していた真希が、男のことを一切話さなくなったのは今の男と付き合ってからだった。

後ろめたい気持ちもあるのだろう。

人の男に手を出すことがいけないことだとわかっていながら、きっと止められなかったのだ。

「俺はどうすればいい？」

太一は写真の中のあどけない真希に向かって呟いた。

◇真希

白い壁に掛けられた、造花のプルメリアで縁取った時計の針が二十四時を指した。

真希の部屋のテーブルの上には、飲みかけの缶ビールが二本と、普段は使わないどこかの居酒屋から持ってきたような灰皿に煙草の吸い殻が居心地悪そうに収まっている。

「織り姫と彦星とは大違いね」

狭いベッドの上に裸で横たわり、武の腕枕でぼーっと天井を見つめながら真希は言った。

「武は奥さんに捨てられて、わたしは別れたはずの不倫相手と一緒にいる」

「そんなふうに言うなよ」

「武はどうしようもない男だし、わたしは節操のないバカな不倫女だもん。お似合いよね、わたしたち」

「織り姫と彦星に怒られちゃうかもね」

　武が両方の腕で真希をぎゅっと抱き寄せる。

「お願いだ、俺のそばにいてくれ」

「やめてよ、そんな武見たくない」

　腕を振りほどこうとするけれど、うまく力が入らない。

「わたし、自分がどうしたいのかわからない。武のこと、まだ好きなのかもわからない」

　真希は言った。

「欲張りになったみたい、わたし」

「欲張り？」

　武はさらに両腕に力を込める。

「そう。わたし、もっと普通に恋がしたい。普通にデートして、もっと心から愛し合いたい」

「俺は真希を愛してるよ」

　真希は首を横に振った。

「愛してない」

「武はわたしのこと、愛してない」

お盆を過ぎると、フラワーショップは暇になる。

まるで嵐が過ぎ去ったかのように客足が途絶えるのに合わせて、真希は店を三日間休むことにした。

店の裏口から入り、キーパーにしまっておいた花の中からカーネーションやスターチス、大ぶりの菊とスプレー咲きの菊を取り出した。

他人のお墓に供えるための花を売り続けていたせいで、毎年行けないでいた母親の墓参りに行こうと考えていたからだ。

「もう十年か」

真希は店にひとりきりで母の墓に供える花束を作りながら、高校生のときに死んだ母親のことを思い出していた。

母子家庭で父親を知らずに育った真希は、働きに出ていた母との思い出よりも、身の回りの世話をしてくれていた祖母との思い出のほうが多い。

母は妻子ある男性と恋に落ちて、ひとりきりで真希を産んだのだと祖母からは聞かされていた。祖母は嘘をつかない性格の人で、真希が聞けば母親の昔話はなんでも教えてくれた。

父親のいないさみしさも、母親と一緒に過ごせないさみしさも、干渉《かんしょう》せずに優しく見守ってくれる祖母がすべて包み込んでくれていた。

母親が報われない不倫の恋の末に産んだ哀れな自分を、祖母は愛してくれていたのだろう。

真希が高校生のときに母親は突然倒れ、そのまま死んだ。

大好きだった祖母は、真希が大学を卒業した年に、真希がひとり立ちできるようになるのを待っていたかのようにこの世を去った。

真希はひとりぼっちだった。

祖母が死んでから、アパートでのひとり暮らしが始まった。

オフィス街のフラワーショップにアルバイトとして見習いで働き始めてすぐのことだった。

さみしかったから、といえばそのとおりなのかもしれない。

けれどあの日。

武との出会いによって、生まれてからずっとひとりぼっちだった真希の人生に、柔らかくてあたたかな、たしかな愛が降り注いだような気がした。

妻のいる武に抱かれることで、ほとんど話すことなくこの世を去った母親の気持ちを少しでも感じることができるような気がした。

武に抱かれながら真希は思った。

母はさみしかったのだ。

報われない恋に苦しみ、誰にも話せないさみしさや悲しみに耐えて、周囲の人間から蔑《さげす》んだような目で見られることを承知で、母は自分を産んだのだ。

会ったことのない父親に、母がどんなふうに抱かれ、どんな思いで父親を愛し続けたのかが、武といることで自分にも感じられるような気がした。

花束を対で作り終えると、保水処理をして新聞紙でくるみ、袋に入れて店を出た。

母と祖母が眠るお墓には、もう何年も参ることができていない。

店が忙しいから、というのは言い訳で、本当は死んだふたりと向き合うことが怖かったのかもしれない。

ふたりの墓に向き合うと、自分はひとりぼっちだと、嫌でも思い知らされるような気がしていたから。

電車を二本乗り継いで、山を開拓した住宅街のさらに上、風通しがよく見晴らしのいい場所にふたりが眠る墓地がある。

ひさしぶりに見た墓地へと続く坂道は、母が死んだあと祖母とふたりで何度も登ったことを思い出す。

『あの子は、天国へ行けたのかねぇ』

この坂道を登る途中、祖母はいつもぼんやりとそう呟いた。

『行けなかったんじゃないかな』

高校生だった真希がそう答えると、

『そうだねぇ、人様のものに手を出したんだからねぇ』

と言って、いつも祖母は悲しそうに空を見上げ、真希は黙ってそれを見ていた。

母はきっと地獄に落ちたに違いない、そう思いながら。

長い坂を登ると、ブロック塀に沿って無数のヒマワリが植えられている墓地が見えてくる。

毎年お盆の時期になるとまぶしいほどに鮮やかに、高く大きく育ったヒマワリに囲まれて、暗く湿った空気が流れているはずの墓地はなんとも異様な存在感を放つのだ。

ひさしぶりに来てみると、その異様なまでに華やかな墓地はより一層、別世界のように思えた。

何年も、掃除すらしていない母親の墓は、お盆が終わったばかりで綺麗に磨かれた墓が多い中、どんよりとさみしく目立っていることだろう。

真希は水汲み場でバケツに水を汲み、花とブラシを片手に母親の墓を探した。

四年前の記憶を辿り、左右の墓石の間をちらちらと見ながら歩いていく。

「……えっ、なんで……」

真希の記憶と同じ場所に、母親の墓はたしかにあった。

けれど、真希は母親の墓を見た瞬間、その場に呆然と佇んで一歩も前に進めなくなっていた。

母親と祖母が眠る小さな墓は、丁寧に美しく磨かれ、花が供えられ、まさについ何日か前、お盆のあいだに誰かが参ったあとのようだった。

いったい誰がこんなことをしたのだろう。

ひとりぼっちなはずの自分に、母親の墓参りをする家族はもういないはずなのに。

真希は自分の持ってきた花と暑さで傷みかけた花と水を取り替え、墓石の前にしゃがみ込むと、ゆっくり目を閉じて手を合わせた。

「お母さん、いったい誰が来てくれたの？」

◇絵美

絵美は、昼間のうちに念入りに掃除を終えた髪の毛一本たりとも落ちていない自分の部屋に三角座りをし、テーブルに置いた携帯電話を見つめながらまるで番犬のようにじっと正樹からの連絡を待っていた。

明日は付き合ってから初めてお互いの休みが合うことがわかり、正樹の提案で少し遠くの綺麗な海まで車で海水浴に行く計画になっていた。

『仕事が終わったら会いに行くよ。少しだけ仮眠を取って、早朝に車で出発しよう』と正樹は言った。

それはつまり今晩この部屋に、仮眠とはいえ正樹が泊まる、ということを意味していた。

もう子どもではない。部屋に恋人が泊まりに来る、それはもう間違いなく、そういうことなのだ。

絵美はそのことに気づいてから、女性誌をまとめ買いし、セックス特集や彼とのお泊り特集、彼との初エッチでのタブーなどのページに付箋をつけて何度も何度も読み返していた。

付き合った彼との初エッチ特集で、男性が彼女の綿の下着にドン引き、という記事を読んで慌てて下着を買いに行き、男性に好感度が高いという、淡いピンクのサテンとレースの組み合わさった下着を購入した。

初エッチでのタブーで、体毛の処理を怠って大失敗！という記事を読み、慌ててお風呂で全身のムダ毛をつるつるに剃りあげた。

彼女のサメ肌にドン引きという記事を読み、ボディークリームを購入して毎日お風呂上がりに塗るようになった。

それでも絵美は、正樹は今まで何人の、どんな女性と体の関係を持ったのだろうかと考えると、今にも泣きだしそうになってしまうのだった。

テーブルの上で、絵美の携帯電話がブーンブーンと音を立て、正樹からの着信を知らせる黄色のライトが点滅する。

『もしもし、俺だけど』

正樹はいつもの優しい声で言った。

『今から行くよ。待ってて』

絵美は緊張のあまり、思わず裏返った声で「は、はいいっ！」と言って電話を切った。きっと電話の向こうで正樹は笑っているに違いない。自分はどうしていつもこんなふうに彼に笑われてしまうのだろうと、絵美はまたしても泣きだしそうになっていた。

いくら下着を変えたって、いくらつるつるの肌になったって、自分はセックスの経験なんてない。彼との初エッチのタブー、なんて言っている場合ではないのだ。

絵美は膝を抱えると、ううう唸って膝に頭をすりつけた。

無理してはいたスカートの裾を自分でめくってみると、つややかな淡いピンクの下着から伸びる自分の脚が目に映る。

「太いよね、どう見ても」

脚を見られたくないからといって、「電気消して」などともちろん言ったことがない。それどころか、ドラマでよく見るそんなせりふを本当に言う女の人がいるのかどうかさえ定かではない。

「もうだめだぁ」

絵美はテーブルに頭をごつんとぶつけると、頭を抱えて呟いた。

◆太一

太一は行きつけの居酒屋のカウンターで、芋焼酎をロックでちびちびやりながら、テレビ画面に流れるサッカーの試合をどちらのチームの応援をするでもなく、ただぼーっと眺めていた。

もともと酒は得意ではないが、最近は真希のことを考えるととにかく飲まずにはいられない。

この居酒屋をスポーツバーだと言い張る店長に、太一は言った。

「なあマスター、やっぱりもう真希のことは諦めたほうがいいのかな」

「ふられたんだろ？　じゃあ諦めるしかないんじゃないか」

店長はもう何度言ったかわからないそのせりふを、太一に向かって吐き出した。

「やっぱりそうなっちゃうよなあ」

太一もまた、もう何度目になるかわからないそのせりふを、はあというため息とともに吐き出した。

「ねえお客さん、どう思います？」

店長は太一とカウンターの角を挟んで斜め向かいに座り、録画のサッカーを真剣な表情で見つめている強面の客に話を振った。

「彼ね、男がいる子にプロポーズして、ふられたんですよ。でも忘れられないらしくてねぇ」

店長は困り果てたように言った。

太一は店長の話にかぶせるように、男性客に向かってろれつの回らない口調で言った。

「そうなんっす！　どうしても好きで、もうなんていうか、小学校からなんですよ……だからもうなんつーか、諦めるとか忘れるとか、考えらんないっす！」

言い終えると、太一はカウンターをドン、と叩いた。

「おい、店を壊すなよ。もう、すみませんねぇ、お客さん。彼うるさいでしょう」

店長が強面の男性客に向かって頭を下げる。

すると男性客はいきなり立ち上がり、太一の隣へ移動してきてこう言った。

「本気でほしいなら、全力で奪え」

太一は思わずびくっと背筋を伸ばした。

男の言葉に妙に説得力があるような気がして、太一はおそるおそる聞いた。

「奪った経験、あるんですか?」

男は少し黙ってバーボンをひと口飲み、ゆっくりとカウンターに置いた。

「俺の女はな」

男はそう言って太一の肩をバシッと叩く。そして太一をしっかり見据えて言った。

「もとは、親友の嫁だった」

太一は一瞬、大きく目を見開いた。

「ま、まじっすか……」

男はテレビ画面のサッカーに釘付けで、太一が驚くのもお構いなしに強い酒を飲み続けている。

男はテレビ画面を見たまま言った。

「女はな、無理矢理奪っていいときだってあるんだ」

「ただし」

「絶対に幸せにしてやる自信があるならな」

太一は黙ってそれを聞いていた。

真希を幸せにしてやる自信。自分は真希のことを幸せにしてやることができるのだろうか。あの男から、真希を奪うことができるだろうか。

太一は酒を飲み干すと、「クソッ」とつぶやいた。

◆正樹

正樹は大きな浮き輪をふくらませながら、部屋に来てからあきらかに様子がおかしい絵美をちらりと横目で見る。

なぜか床に正座した絵美は、正樹と目が合うと真っ赤になって目を逸らす。

「あのさ」

あまりにも喋らない絵美に痺れを切らして、正樹は言った。

「もしかして緊張してる？」

絵美は黙ってうなずくと、突然「ふぇぇん……」と泣きだした。

「えっ？　なに、どうした？　大丈夫？」

正樹が驚いて絵美のそばに寄ると、それに驚いた絵美が「キャア！」と声をあげてドテッと床に転がった。

「わっ！　ごめ」

正樹はそれにつられて、床に転がった絵美に覆い被さるようにドサッと転ぶ。

正樹が床に両手をつくと、ぎゅっと目を閉じてグスングスンと鼻を啜る絵美の顔が目の前にあった。

正樹は思わずふふっと笑った。

「絵美ちゃん、目、開けて？」

絵美はぶんぶんと首を振る。

「嫌だっ」

「なんでだよ」

絵美は黙ってズズと鼻を啜る。

「俺のこと、恐い？」

正樹は指で絵美の涙を拭いながら聞いた。

「俺のこと、嫌い？」

絵美はまた、ぶんぶんと首を横に振る。

「じゃあ、好き？」

絵美はこくりとうなずいた。

正樹は思わずぷっと噴き出しながら「よかった」と呟くと、そのまま絵美のおでこにキスをした。

おでこからほっぺた、鼻、唇に、ちょんちょんとキスをしながら正樹は笑った。

「絵美ちゃん、俺やっぱり今日は泊まるのよそうか？」

絵美がぱちりと目を開ける。

「明日の朝、迎えに来るよ」

正樹はそう言って立ち上がると、困ったように笑った。

「嫌だ」

蚊の鳴くような声で絵美が言った。

「帰らないで」

「ここにいて。もう泣かないから」

その瞬間、正樹はたまらなくなって、思わず絵美を抱きしめていた。

「絵美ちゃん、俺、絵美ちゃんが好きだ」

正樹はそう言って絵美を抱きしめたまま、水玉模様のシーツのかかったベッドにゆっくりと倒れ込んだ。

絵美のシャツの背中に手を滑り込ませながら、柔らかな唇にそっと口づけた。

時折びくんと震える絵美の体を、そのたびにぎゅっときつく抱きしめると、小さなベッドがきゅっと軋む音がする。

白く細い柔らかな首筋に、何度も何度もキスをした。

絵美がか細い声で「んん」と漏らすたび、正樹は自分の中から溢れ出す愛しさを感じていた。

◇絵美

セックスが怖かったんじゃない。

比べられるのが怖かった。

ほかの誰かと、比較されるのが怖かった。

正樹のことが大好きで、世界で一番大切だから。

自分も、もしできることなら正樹の一番でありたかったのだ。

「正樹……」

快感の波に薄れゆくはっきりとした意識の中で、自然に彼のことを呼び捨てにしていることに気がついた。

正樹の指が、唇が、全身のあちこちに触れるたびに絵美は知らない世界が開けていくような気がした。

愛されるということは、こういうことなのかもしれないと絵美は思った。

雑誌の特集をいくら読んだってわからないこと、それは彼の指先から伝わってくる、愛やあたたかさ、自分を大切に思ってくれているということ。

体だけの関係には愛がない、とよく言うけれど、そんなことはないのかもしれないと絵美は思った。

好きな人と裸で抱き合うことで、会話を交わすだけでは伝えきれない気持ちを、自然に体温や呼吸や声で表現することができるから。

「絵美、怖くない？」

ため息交じりの声で正樹が言う。

「怖くない」

絵美がそう答えると、正樹は小さな胸の谷間に顔をうずめ、ゆっくり、ゆっくりと絵美の中に入ってきた。

正樹の体が動くのに合わせて、絵美はゆっくり呼吸する。

彼の吐き出した吐息を少しも漏らさないように、もういっそ、このまま一緒になってしまえばいい、そう思った。

「痛いよ」

そう言って、絵美は正樹の首筋にぎゅっと抱きついた。

白くて柔らかな腕が、正樹の首に回されると、正樹は「大丈夫？　やめようか？」と吐息を漏らしながら心配そうに絵美を見る。

「嫌だ。やめないで」

絵美は泣いていた。

人の体がこんなにもあったかいものだなんて思わなかったから。

初めての痛みが、こんなにも優しいものだなんて知らなかったから。

正樹に求められることが、こんなにも幸せなことだと知ったから。

気がつけば、電気を消すことも、新しく買った下着のことも、サメ肌も、気にしていた脚の形さえ忘れて、彼にすべてを委ねていた。

◇真希

「真希、俺と一緒に暮らさないか？」

ひさしぶりに訪れたホテルの一室で、大きなバスタブにつかりながら武が言った。

真希は洗った髪を流しながら「えっ？」と言って振り向いた。

「武とわたしが？」

驚いて聞き返す。

考えてもみなかったことだった。

武とこうして時間を気にせずゆっくり一緒にお風呂に入る、それだけでも十分、真希にとっては非日常なことだった。

それなのに。

「ああ、一緒に部屋を借りないか？」

さも当然の成り行きであるように武は言う。

「今住んでいるマンションは引き払うから」

「なに言ってるの？　突然そんなこと言われても」

髪を流し終えた真希は、クリップで濡《ぬ》れた髪をひとつにまとめながら怪訝《けげん》な表情で武に言った。

「真希は俺と一緒にいたくないのか？」

バスタブの中から武が手招きしながら真希に向かって言う。

「俺はさ」

武が両手で髪をかきあげる。濡れた硬い髪がオールバック風に撫でつけられて、いつもより何倍も男っぽく、真希はふと彼と出会った頃を思い出した。

「俺は真希と一緒にいたいよ、これからはずっと」

そう言って笑った武の表情は、真希が恋した、自由で優しい武の表情そのものだった。

「わたしも」

真希は思わずそう呟いていた。

手招きする武に引き寄せられるようにバスタブに入り、柔らかいお湯の中で抱き合った。

武はきっとさみしいのだ。

彼はバカで、さみしがりやで、狡猾《こうかつ》で。それでもどこか、自分と似ている。

「俺と暮らしてくれるのか」

武は真希の背中に両腕をまわし、なめらかな肌に手のひらを滑らせる。

真希の首筋には唇を滑らせ、バスタブの淵に真希の背中を押し付けた。

こうして武と抱き合うことだけが、どうしようもないさみしさを埋めてくれる。

太一といると罪の意識で壊れてしまいそうになるから。

太一に抱かれたいと願ってしまうから。

決して抱かれてはいけない、世界で一番愛する人に。


十年前、母親が死んだ。真希が高校生のときだった。

母との別れはあまりにもあっけなく、突然すぎる出来事に、悲しいという感情すらすぐに湧き上がることはなかった。

不倫の恋の末に、ひとりきりで自分を産み、ひとりぼっちで生きてきた不幸な母。

そんな母のようにはなりたくないと、真希は小さな頃から心に誓って生きていた。

母親の遺品は少なかった。祖母とふたりで、母の使っていた鏡台や押し入れを片付けた。押し入れの棚にびっちりとしまい込まれたビデオテープの中身は、ほとんどがオーケストラやオペラだった。

真希がまだ小さかった頃からずっと、母が好きだったクラシック。バーンスタイン、カラヤン、クラウディオ・アッバード。パヴァロッティ、ドミンゴ、カレーラス。言葉の意味はわからなくても彼等の音楽や歌声だけは真希の心にも響いた。

真希がとくに好きだったのは、パヴァロッティとドミンゴとカレーラスの三人が、仲良さげに一緒に歌う特別なコンサートのビデオだった。ああ、なんてかっこいいんだろう。なんて素敵な声をしているんだろう。こんなにも素敵な人たちが、この世界にいるなんて。

死ぬ前に、一度ウイーンに連れていってあげたかったわねと祖母が言った。

ラベルが丁寧に貼られた古いビデオテープには、どれも母の手書きで『○○年　○○交響楽団』『○○年　○○コンクール』『くるみ割り人形』『椿姫』『セビリアの理髪師』などと細かく記録されていた。その中のいくつかの曲や映像は真希の記憶にも鮮明に残っている。フィガロとスザンヌが歌う、スザンヌのベールの歌、アルフレードが歌う愛の歌。大量のビデオテープを段ボールに詰めながら、これどうしようかと祖母と話していたときだった。注意してみなければそのまま段ボールに詰めてしまいそうだったそれを、真希は手に取った。見覚えのないビデオテープ。

ラベルには母ではない誰かの文字で『英里子《えりこ》　ゆり園にて　平成元年』と母の名前

などが記録されていた。心臓がなぜかどきどきと鳴っていたことも覚えている。英里子は真希の母の名前で、平成元年は、真希の誕生日の前の年だった。

ビデオテープと真希を交互に見る、祖母の目が、一瞬迷いやそのほかのなにかで揺れたように見えた。

黙ってテープをビデオデッキに入れ、再生ボタンを押した。テレビの画面に映し出されたのは、一面に色鮮やかなユリが咲き誇る、花畑だった。

そこに現れたのは、幸せそうな笑顔を浮かべた、若き日の母の姿だった。つばの広い麦わら帽子に花柄のワンピース。長い髪を風に靡かせて、無邪気にゆり園のなかを駆け回る。

母の笑い声に、ビデオを撮影している人、男の人の声がときどき交ざって聞こえてくる。

『あまり走るなよ、危ないから』

『ほら、こっち向いて』

ねえこれ撮ってるの、だれ？

真希が心の中でそう呟いたときだった。母親が、ビデオカメラに近づいて来てカメラを奪い取る。映像が乱れ、ふたりの笑い声が大きくなる。撮影者が代わり、母が笑う声が大きくなる。『こら、英里子、やめろよ、俺はいいから』そう言ってカメラから逃げるのは、若く精悍《せいかん》な印象の男性だ。真希の知らない男の人。

「ねえ、この人」

祖母に向かって呟いていた。知らない人であるはずのこの男性に、真希はたしかに見覚えがあった。頭が痛くなるような衝撃と、無数の疑問と考えられるすべての可能性。目の前の画面の中にいるふたり、死んだ母親と、彼女を英里子と呼ぶ男の笑顔、ふたりの幸せそうにはしゃぐ声。ビデオテープのラベルに書かれた文字。『平成元年』。

「冗談じゃないわ」

真希は耐えきれなくなって、震える手でデッキからビデオテープを取り出し、立ち上がって呟いた。

たまらなくなって、泣きながら家を飛び出した。

母はどうして、こんなにも大事なことを自分に隠していたのだろう。

それとも母は、本当になにも知らなかったのだろうか。

真希の学校にどんな友達がいて、誰に恋をしているのかということも。

制服のスカートがめくれるのも構わず、とにかく走って、走って、走って、そして、大声で泣いた。

ビデオに映っていた男、母を英里子と呼び、母とはしゃぎあっていた男。ずっとずっと若いけれど、それはもう、見間違いようがなかった。

彼は、太一の父親だった。

小学校の父親参観日が真希は大嫌いだった。自分には父親なんていないから。だから一年に一度のその日、一番の親友である太一の父親が息子の姿を見るため学校に来ているのを、うらやましく思いながらじっと見ていた。

優しそうな目で、太一とよく似た空気をまとってにっこりと笑うその人を。

『三大テノール、って知ってる？』

小学六年生の頃だった。真希は太一に尋ねたことがある。

太一は答えた。

『ルチアーノ・パヴァロッティ、プラシド・ドミンゴ、ホセ・カレーラス、だろ？』

クラシックのテノール歌手の名前をそらで言える小学生は、少なくとも真希の周りに太一以外いなかった。真希は驚いた。

『なんで知ってるの？』

『父さんが、好きなんだ』

どうして気がつかなかったのだろう。

誰よりも仲がよく、誰よりも大好きな太一の父親こそ、母が愛した人だった。

父は、太一の父は知っていたのかもしれない。

『英里子』がひとりで自分を産んだことも。息子の友達が、『英里子』が産んだ娘だということも。

もし、知らなかったのだとしたら、それこそなんて残酷なことだろう。

太一は、知っていたのだろうか。

高校生になってから、急激に男らしくなっていた太一。

真希は自分の体つきが女らしく変化していくのと同時に、大切な友達だと思っていた太一に、抱きしめられたいと願うようになっていた。

初めてのキスは、太一としたいと考えるようになっていた。

太一と恋人同士になることも、抱きしめ合うことも、キスをすることも、もう二度と叶わない。

それどころか、自分の存在そのものが太一を悲しませ苦しめるかもしれない。

真希は泣き崩れた。

誰もいない、コスモスの咲き乱れる花畑。

真希の大好きな場所で、わぁーん、わぁーんとまるで子どものようにただ泣きじゃくっていた。

太一と離れるのは嫌だった。

太一を傷つけるのはもっと嫌だった。

たしかめることが怖かった。

もう会わないなんて考えられなかった。

友達でもいい。

失いたくなかった。

ただ近くにいたかった。

真希はその日、太一への気持ちをコスモス畑に封印した。

誰にも話すことがないように、太一に恋人ができても嫉妬しないように、真希はたくさんの恋をした。

愛されなくても、愛することが許されなくても、それでもただ近くにいたかった。

たとえ地獄に落ちてもいい。

それが母親と、自分の犯した罪なのだから。

第四章　コスモス

開花時期　七月〜十二月
花言葉　乙女の真心

◇真希

紫や金のテーブルクロスに、青いリンドウの鉢植えやテーブルサイズの胡蝶蘭《こちょうらん》、小さなガジュマルの木をシックな色の陶器に植え替えたものを並べた店頭の敬老の日コーナーには、小さな予約専用カウンターを設置してある。

すでにほとんどの配送作業を完了させた今日は、久しぶりに残業の必要もなかった。

真希はつい十分ほど前に絵美と駅前の広場で別れ、広場のベンチに腰かけて太一の迎えを待っていた。

太一からの連絡で、何か月かぶりに会うことになったのだ。

昼間の蒸し暑さに比べると、夜のひんやりとした冷たい空気が素肌に心地いい。

真希は自動販売機でコーラとオレンジジュースを買うと、オレンジジュースをプシュと開けた。

武と暮らすことに決めたということを、太一に言わなければならないと真希は思った。

いつまでも、太一の優しさに甘えているわけにはいかない。

太一にだって、彼の人生があるのだ。自分なんかにかまっているうちに、本当に結婚できなくなってしまうかもしれない。

どこかでむしろそうなってしまえばいい、と思ってしまう自分の気持ちにも、もういい加減けじめをつけなければ。

これ以上、自分のせいで太一を不幸にするわけにはいかないのだから。

「おーい、真希！」

シルバーのキューブが止まり、窓から太一が手を振った。

「すぐ行く！」

真希は大きな声で叫ぶと、コーラと飲みかけのオレンジジュースを片手に車に向かって歩きだした。

太一の笑顔を見ると泣きだしそうになる。

いつもどんなときも優しく包んでくれた、太一の屈託のない笑顔。

「タッちゃん、はい、これ」

助手席に腰かけると真希はコーラを手渡した。

「これ、ゼロキロカロリーのやつじゃん」

太一は偽物でも手渡されたかのように怪訝な顔で真希を見る。

「なによ、文句ある？」

「俺、ほんもののコーラじゃなきゃ嫌だ」

「これだってコーラじゃない」

「だから真希はそんなにガリガリなんだよ、胸もないし。俺は、本物のコーラがいい」

真希は太一からコーラを奪い取りながら言った。

「なによせっかく買ってあげたのに。てゆうかタッちゃん、わたしの胸、見たことないじゃん」

「見せてくんないだろ」

「見せるわけないでしょ」

太一が笑う。他愛もない、いつものやりとり。

「タッちゃん、あのさ」

「なに？」

真希は少し俯いて、オレンジジュースをごくりと飲み干した。

「わたし、彼と暮らすことにしたから」

「えっ」

太一が一瞬固まった。笑顔が消えて、まっすぐこちらを向いている。

「嘘だろ？」

「嘘じゃない、もう部屋も探してあるの」

太一は真希の目をじっと見た。心の中を見透かされるような気がして真希は目を逸らす。

「じゃあ、俺の気持ちはどうなるんだよ」

「タッちゃん、わたしはタッちゃんじゃだめなんだって。言ったじゃない」

だめなのだ、どうしても。

「俺は、真希が好きなんだよ。そんなの知ってるだろ？」

太一は怒ったような、ほんの少し悲しそうな目で真希を見る。

そんな目をしないで。もう決めたことなんだから。

「わたしはタッちゃんとは結婚できないの！」

「なんでだよ！」

真希は泣きそうになりながら黙り込む。

「タッちゃんにはわたしがいるじゃん、ってお前いつも言ってたじゃん。あれ嘘だったのかよ……。タッちゃん大好きって、小学校の頃言ってたじゃん。あれも、嘘だったのかよ。俺はずっと本気で真希のこと！」

ぎゅっと目を閉じた。

「ごめん……タッちゃん」

小さな声でそう言うと、太一は拳をぎゅっと握りしめ、目に涙をためながら言った。

「降りてくれ。悪いけど」

はっとして、太一を見る。

「……降りろって言ってんだろ！」

「タッちゃん……」

「降りてくれ。俺はお前の都合のいい男友達じゃない」

真希が車を降りると、太一は黙って車を発進させた。

太一は泣いているのだろう。

シルバーの車体を見送りながら、真希は溢れ出す涙を止めることができなかった。

◇絵美

絵美が部屋に帰ると、グレーのスウェットにTシャツ姿の正樹が部屋にいた。

「今日は早かったんだね」

絵美が正樹に向かって言う。にっこりと笑った正樹が黙ってテーブルを指さした。

「うわあ！　おいしそう！」

テーブルの上にはおいしそうに盛りつけられたサラダとパスタがのっている。

「お腹すいただろ？　どうぞ、召し上がれ」

絵美の反応に満足そうな正樹が絵美を座椅子に座らせた。

半熟卵ののったサラダが食欲をそそり、きざみのりと水菜の和風サーモンパスタは絵美の好みのど真ん中だ。

「いただきまーす！　あれ？　正樹さんは食べないの？」

絵美が不思議そうに正樹を見る。

正樹はいたずらっぽく笑いながら、うんとうなずいた。

「俺は、あとで絵美ちゃんをいただきます」

正樹の冗談に絵美は目を見開いて、真っ赤になりながらパスタをフォークにくるくると巻きつける。

「おいしいね、このサラダも。こんな綺麗な半熟卵ってどうやって作るの？」

絵美が感心した顔で尋ねる。

正樹は料理人だから仕方ないことだけれど、自分よりも彼氏のほうが料理ができる、というのはやっぱりなんだか恥ずかしい。

「沸騰してから卵を入れて、七分」

正樹が嬉しそうににっこりと笑うと、絵美は調子に乗ってどんどん食べてしまう。

「おいしかった。ごちそうさまでした」

絵美が丁寧に手を合わせると、正樹は絵美の後ろに回り込んだ。

「えーみちゃん。片付けはあとでいいからさ、今度は俺が食べる番」

そう言って後ろから絵美をがばっと抱きしめた。

「きゃあ！」

絵美はびっくりして声をあげる。

正樹はあははと笑いながら、絵美をひょいと持ち上げてベッドに優しく寝かせた。

絵美の顔が一瞬緊張で固まり、それを見た正樹がふざけて絵美に覆いかぶさった。

「おいしそう！　いただきまーす！」

そう言って、正樹は優しく、絵美の唇をぱく、ぱくと食べるようにキスをする。

絵美は目を閉じて、どうしたらいいのかわからないまま正樹にされるがままになっている。

正樹に抱かれながら、こんな彼を知っているのは自分だけかもしれないと思うと、絵美はいつも幸せな気持ちになる。

抱きしめ合うたび、彼をひとり占めしたいと思ってしまうのはどうしてなんだろう。

彼を遠くから見ているだけで幸せだったのに、ほかの女の人と話しているのを見るだけで、心が締めつけられるのは恋人同士になってしまったからなのだろうか。

絵美が初めてのときに感じた痛みは、すでに別の感覚へと変化し始めていた。

正樹が目を閉じて顔を歪めると、溢れ出す愛しさにいてもたってもいられなくなり、正樹の指が優しく触れるたび、それ以上のことを求めてしまう自分がいる。

正樹が喜んでくれるなら、どんなことでもしてあげたいと願う半面、そこでもまたしてもほかの女の人と比べられることを恐れてしまう。

「ねぇ、正樹さん？」

正樹の腕枕に頭を預け、彼の胸板に顔をぴたりとつけながら、絵美は思い切って言ってみた。

「今まで、何人と付き合ったの？」

正樹は一瞬、驚いた顔で絵美を見た。

そして、ふっと笑った。

「気になるの？」

なんだかバカにされたような気がして、絵美は顔を逸らした。

「そりゃあ、気になる。だってわたしは、その、初めてだし……」

ぶつぶつと小さな声で反論すると、正樹は「えーっとね」と言って両手で指折り数え始めた。

「……そんなにいるんだ……」

絵美が絶望に打ちひしがれていると、正樹はまたふっと笑って「うそうそ、冗談だよ」と言った。

「絵美ちゃんと、その前にもうひとりだけ。ひとりだけだよ」

いっそのこと、百人とでも言われたほうがましだった、と絵美は思った。

ひとりだけ、なんて、大切そうに言わないでほしかった。

まるで、今でも忘れられない人みたいに。

◇真希

ノートパソコンの画面を見ていた絵美が、「店長」と真希に声をかけた。

真希は店頭に造花の色づいた紅葉や銀杏を飾り、巨大なオレンジ色のかぼちゃと手のひらサイズのミニかぼちゃを並べている。

「どうしたの？」

「花エンジェルで、ヘンな注文が来てるんです」

絵美がプリンターから一枚の注文書を取り出しながら言う。

「ヘンな注文？」

真希がミニかぼちゃを両手に顔をあげる。

「はい。一週間後の配達で、配達先の病院がすぐ近くだから受けたんですけど、なんだかいろいろと怪しいっていうか、もしかしたら店長のストーカーかなって」

「わたしのストーカー？」

真希は不安げな表情の絵美から、ノートパソコンの画面を覗き見る。

花エンジェルというのは全国の花屋さんのネットワークの名称で、花エンジェルに加盟することで全国からの注文をインターネットやＦＡＸで受け取ることができる仕組みである。

客は通常、県外へ花を届けたい場合は花エンジェル加盟店であれば、その店舗からの直接発送か、花エンジェルのどちらかを選ぶことができる。

花エンジェルの利点は、自宅近くの花屋を通して、届け先に一番近い加盟店に注文ができること。つまり、より新鮮な状態で花を贈ることができること。

店舗からの直接発送の利点は、客が花束やアレンジメントの細かな内容を指定できることにある。

パソコン上で絵美が開いた花エンジェル注文書には、追記で『真田店長に届けてもらいたいとのこと』と書かれていた。

「なによ、これ」

真希が眉をひそめると、絵美が申し訳なさそうな表情で、「やっぱり、ちょっと気持ち悪いですよね、今からでも断れないでしょうか」と言った。

「まあ、大丈夫でしょ、届け先は病院になってるし。監禁されたりする心配もないじゃない？　ただのわたしのファンかもしれないしさ」

真希は不敵な笑みを浮かべて言った。花屋の配達では不思議なことや困ったことが頻繁に起こる。差出人の名前を言わず『Mより』とだけ書かれたカード付きの花束を届けたこともあるし、お誕生日の花を届けたら相手はすでに亡くなっていたなんてこともある。嫌いな人からだから受け取れないなんて言われることだってある。相手がどんな人であろうと送り主がだれであろうと、注文された花を届けるのが、花屋の仕事だ。

「心配しないで。わたしが帰って来なかったら、すぐ警察に電話してくていいから」

絵美は心配そうに「はい……」とうなずいた。

そうしてプリントアウトした注文書を受け取り、届け先の名前を見た瞬間、真希は脚が震え、持っていたミニかぼちゃを危うく床に落とすところだった。

届け先の病院は、近くの有名な総合病院で、患者の名前は、『織田輝真《おだてるまさ》』。

それは太一と、自分の父親であるはずの人の名前だった。

隣の県の花屋から送られてきた注文書。注文主の名前にはまったくといっていいほど見覚えがなかったが、ただの偶然にしては出来すぎだと思えた。

「どうして」

真希は絵美に聞こえないように、小さな声でそう呟いた。

◇絵美

絵美はダリアが大好きだ。

少し傷みやすいのが難点ではあるけれど、こんなにおしゃれな花はほかにはない、と絵美は思う。

とくに黒蝶という品種は、強烈な存在感のある大きく紫がかった艶のある黒いダリアで、それが店に並んでいるときは接客中であってもつい見とれてしまうほどだ。

今日もオレンジがかったピンクや赤、黄色などさまざまなダリアが店頭に並び、絵美はため息を漏らしながらそれらを眺めていた。

そのときだった。

花の香りを打ち消すような強い香水の香りとともに、勢いよく店内に入って来たのは、金髪に近いロングヘアーを竜巻のようにぐるんぐるんと巻き髪にした大人の女性。

花でたとえるならレインボーローズ。

人工的に作られた、七色の花弁をもつバラだ。

その女性が、たくさんの花には目もくれず、真っ直ぐ絵美に向かって歩いてくるのだ。

「い、いらっしゃいませ」

絵美はその迫力に思わず後ずさりしながら笑顔で言った。

「あんたが絵美ちゃん？」

彼女は、関西風のニュアンスで吐き捨てるようにそう言うと、ふふっと笑ってこう言った。

「えらい子どもっぽい女捕まえたもんやなあ、正樹も」

正樹、いま、正樹といった？　絵美はダリアの束を片手にその場から動けなくなっていた。

「あの、正樹さんのお知り合いの方でしょうか?」

おそるおそる尋ねると、きつめのアイラインで縁どられた大きな目が見開いた。

「お知り合い? 彼女や、カーノージョ」

「か、彼女、ですか」

あまりの迫力にとぎれとぎれの声でようやく聞き返す。

女は長い髪をかきあげながら、面倒臭そうにふんと笑いながら言った。

正樹の彼女、それは正樹が言っていた、『ひとりだけ』の彼女なのだろうか。

「そ。別れたって聞いてるのかもしらんけど、あたしは、正樹と別れたとは思ってへんから」

そう言ってにっこりと笑う、艶のある唇。

もっとショックを受けてもいいはずなのに、どうしてこんなにも冷静でいられるのだろうと絵美は思った。

きっと今までが幸せすぎたから、夢みたいな時間だったから。

これが現実なんだと言われても、そうなのだろうなとすんなり受け入れてしまうのだろう。

弱くて消極的で自信がなくて綺麗でもない、こんな自分が正樹の彼女だということのほうが、よっぽどおかしな話なのだから。

「あのね、お姉さん」

休憩を終え、バックヤードから登場した真希のいつもより低いその声に、彼女が驚いたように振り返る。

「あんたなに？」

真希はため息をつきながら、彼女に向かって言った。

「あのね、相手が別れたと思っているなら、それはもう別れてるってことなの。あながいくら別れたつもりなんてないって思っていてもね」

「は？　あんたあたしに喧嘩売ってんの」

女は勢いよく真希に近づく。絵美の心臓の鼓動はおさまらない。きつい香水の香りが鼻をつく。

「喧嘩なんかする気ないわよ」

真希はふうとため息をつきながら言った。絵美には向けられたことのない、冷たい表情、強い口調。

「わざわざ女のところまで来ちゃって、情けない。ダサすぎ。絵美ちゃんはなにもわるくないじゃない。別れたつもりがないんなら、堂々と男にそう言えば」

彼女は一瞬、真希と絵美を睨むように見た。真希は堂々と、ひるむことなく睨み返す。彼女はふっと息を漏らした。

「そうやな。あんたの言うとおり。情けない。正樹もあたしみたいな女が嫌で、あたしとは正反対のあんたと付き合ったんかもしれへんな」

絵美がなにも言えずにいると、彼女は絵美ににっこりと笑いかけた。

「びっくりさせてごめん。あたし、まだ正樹が好きなんよ」

メイクでわからなくなってはいるけれど、本当は綺麗な人なんだな、と絵美は思った。

レインボーローズも、もとは綺麗な白いバラなのだから。

女の笑顔は、おしゃれで優しい正樹とよく似合っているような気がした。

「あの」

絵美が小さな声を発すると、真希と彼女が揃ってこちらを向いた。

「あの、正樹さん、あなたのことがまだ忘れられないのかもしれません。あなたのこと、ひとりだけの人だって、そう言ってました」

「ちょっと、絵美ちゃん、なに言ってんの？」

真希が驚いた表情で言った。絵美は続けた。

「正樹さんに、ちゃんと会ってあげてください。きっと、あなたに会いたいんだと思います」

「本当にそれでいいの？」

真希は怒ったような表情で言った。自分の居場所を知っている時点で、彼女がいまだ正樹と連絡を取っていることは明確だ。自分を思ってくれている真希は、きっと正樹にも怒っているのだろう。

「大丈夫です。もう、いいんです」

絵美は無理矢理笑顔を作って見せる。大丈夫。落ち込んだりなんてしない。真希に心配なんてかけたくない。

その日、家に帰ると正樹は部屋には来ていなかった。

いつも仕事が終わったあとにくるはずのメールもない。

彼女はきっと、あのあと正樹に会いに行ったのだ。

そしてきっと、忘れられなかった彼女と正樹はまた付き合うことになったのだ。

それでよかったのかもしれない。

自分なんて、正樹には釣り合っていないということは最初からわかっていたし、正樹の口から『ひとりだけ』と言われた時点で、彼はまだ彼女のことが好きなのだと感じてしまったのだから。

絵美はベッドに倒れ込んだ。

涙がシーツに吸い込まれていく。

何度も抱き合ったベッドには、まだほんの少し、正樹の匂いが残っている。

「正樹さん……」

絵美はベッドに顔をうずめたままそう呟くと、ズズズと鼻を啜った。

いつもは心地いい正樹の匂いが、今日は息苦しく感じた。

◇真希

真希は真新しいキーで、カチャリと部屋の鍵を開けた。

武がもともと妻と住んでいた場所からなるべく遠く離れた場所、武の会社からも離れた場所という条件で探したマンションは、綺麗で新しく、真希の住んでいたマンションよりもかなり豪華なつくりになっている。

慣れないのはエントランスから部屋までの距離やオートロックの鍵だけではなく、そもそも誰かと同じ部屋に帰るという行為そのものだ。

「おかえり、真希」

先に帰っていた武が、ソファーで難しそうな本を読みながら真希に言った。

「遅かったね、ピザか寿司でも頼もうか？」

「いらない。武は？　なにか食べた？」

ドサリと重いバッグを床に置き、ジャケットを脱ぐと、立ち上がった武が真希を後ろから抱きしめた。

「俺も、いらない」

そう言いながら、後ろからまわした手で器用にブラウスのボタンを外していく。

「ちょっと、やめてよ。すごく汗かいたから、先にシャワー浴びさせて」

真希が武の手を振りほどきながら言うと、武は笑いながら自分の着ていたシャツを脱ぎ始めた。

「一緒に浴びればいいじゃないか」

武が言うと、真希はふふっと笑う。

「なにそれ、効率悪くない？」

「そんなこと気にしていたら、幸せな新婚生活は送れないよ」

「結婚なんてしてないじゃない」

武は、「ああ、そうだった」と言いながら、呆れ顔の真希の手を引いてバスルームへと向かった。

武に背中をシャワーで流してもらいながら、真希は父親のことを考えていた。

本当に、あの花を届ければ、あの人に会えるのだろうか。

母の愛した人であり、自分の愛した太一の父親である人に、また会えるのだろうか。

偶然ではないとするならば、いったいだれがそんなことをしたのだろう。

自分と彼を会わせようなどと、誰が考えたのだろう。

背中を流していたシャワーが壁に掛けられ、武の手のひらが真希の首筋を撫でる。

もう片方の手は真希の胸の頂点を優しくなぞり、真希は思わず吐息を漏らした。

シャワーの水しぶきを浴びながら、武は壁にもたれかかって真希を優しく抱き寄せ、まだ泡の残った太ももに脚を絡ませる。

「俺にはもう、真希しかいないんだ。お願いだから、どこにも行かないでくれ」

武の声がシャワーの音とともにバスルームに響き渡り、真希は静かに目を閉じた。


洗った髪もまだ乾ききらないまま、武と真希はベッドに転がり込んだ。

新婚夫婦のためにあるような、フランス製のダブルベッドは、もう何百回と抱き合ってきたふたりにはふさわしくないようにも思えた。

「こんなに高いベッドにしなくてもいいじゃない」

ふたりで訪れた家具屋で真希は武にそう言ったけれど、ベッドの善し悪しでふたりの関係の善し悪しが決まるものですよ、という、ふたりを新婚夫婦かなにかと勘違いしたらしい店員の言葉がやけに真実味を帯びていて、このベッドを買うことに決めた。

そしてその言葉はまさしくそのとおりだった。

抱きしめあって朝まで眠ることを、真希は今まで知らなかった。

不倫相手であった自分には、武と朝まで眠る権利などなかったし、朝目覚めたときに隣に誰かがいることがこんなにも安心するものなのだということに、真希は驚いていた。

武という恋人がいながら、こうなるまでの自分は本当にひとりぼっちだったのだ。けれど心のどこかでそれが太一であったなら、どれほど幸せなことなのだろうと時折ふっと思う。

「武？」

「どうした？」

真希の呼びかけに、武が答える。

「わたし、もうひとりぼっちじゃないの？」

「ああ。真希には俺がいる」

◇絵美

どれくらい眠ってしまっていたのだろう。

絵美が目を覚ますと時計の針は真夜中の二時を指していた。

テーブルに置いた携帯電話に目をやると、着信を知らせる黄色のランプがチカチカと光っている。

寝起きの声で電話に出ると、もしもし、と聞こえたのは正樹の声だった。

「もしもし……」

『今から、会いに行ってもいい？』

びくっと体を起こし、「うん」とうなずいた。

きっと別れを告げられるのだ、と絵美は思った。

今日が正樹と会える、最後の日になるかもしれない。

そう思うと、さみしくて悲しくてやりきれない気持ちが押し寄せてきた。

これでいいはずなんてない。

だって、こんなにも、彼のことが好きなのだ。

もう一生、こんなに誰かを好きになることなんてないかもしれないのだ。

絵美は引き出しから、初めて買ったピンクの下着と、正樹の好みに合わせて一緒に選んだ服を着た。

今日で最後になるかもしれないのなら、後悔しないように自分の気持ちを全部、余すことなく正樹に伝えよう。

彼に恋をしたことで、たくさんの幸せをもらった。強くもなれた。ダメダメだと思っていた自分自身にも少し自身も持つことができた。

もしふられたとしても、彼に感謝はしても、憎むことなんてなにひとつない。

ゆっくりと瞬きをして涙を拭った。

ピンポン、と間の抜けたチャイムの音が聞こえた。

いつもはなにも言わずに部屋に入ってくる正樹がわざわざチャイムを押したのはきっと、もう自分のことを愛していないからかもしれないと思った。

「こんばんは」

おそるおそるドアを開けると、少し怒ったような表情の正樹が、他人行儀にそう言った。

「入ってもいいかな?」

「うん」

「正樹さん、コーヒーでいい?」

「ああ、ありがとう」

こぽこぽ、とインスタントコーヒーを注ぎながら、正樹の茶色の短髪から覗く耳を見た。

整った形の耳が覗くその爽やかなヘアスタイルが絵美は大好きで、初めて厨房にいる彼を見たとき、その横顔に釘付けになったのを覚えている。

「遅くにごめん」

と正樹は言った。彼が不機嫌なときに出る眉間のしわも、絵美は大好きだった。

「ううん」

コトン、とカップをテーブルに置く。苦い香りの湯気がカップから白く立ち上り、なぜだか泣きだしそうな気持ちになる。

「あのさ、絵美ちゃん」

不機嫌な表情のまま、正樹が言った。

「ごめん」

「あいつが、絵美ちゃんの店に行ったんだろ？」

絵美はゆっくりうなずいた。

正樹の困ったような怒ったような表情が、彼女のことをあいつと呼ぶことさえ、まるで自分のほうが他人だと言われているような気がして、たまらなく悲しい気持ちになる。

「それで、絵美ちゃんが、言ったんだってね。俺がまだあいつのことを忘れられないのかもしれないって。会ってやってくれって」

絵美は黙ってうなずいた。

正樹は、大きくため息をつく。

「ごめん」

なにも言えないでいる絵美に向かって、正樹は言った。

「俺は、君が好きだ。たぶん世界中のどこを探しても、絵美ちゃんより好きな人は現れないと思う」

「君と出会う前の俺だったら、彼女と会って、また好きになっていたかもしれない。だけどね、絵美ちゃん、俺はもう彼女といた頃の俺とは違うんだ」

正樹はそう言うと、羽織っていたダウンベストのポケットのなかから小さな箱を取り出した。

「これは、俺が変わった証拠だよ」

絵美が箱を受け取ると、「開けてみて」と正樹は言った。

「本当は、誕生日に渡そうと思ってたんだけどな」

絵美が小さな箱を開けると、中には小さな花の形をした、ピンク色のストーンが埋め込まれた、細くて綺麗な指輪が入っていた。

◇ナミ
「男を追いかけて上京なんて、ひと昔前のドラマみたいやな」

見送ってくれた女友達はそう言って笑っていたけれど、本当のところ自分が一番そう思っていた。しかも相手は年下の、出会ったときは自分のほうが子ども扱いしていたような男。

最初はこっちが遊びのつもり。ちょっと可愛い田舎っぽい大学生の童貞くんを、からかって楽しんでいるだけのつもりだった。

『ナミさんとは、もう会えない。就職先も実家のある関東に決まったし、ナミさんと俺は価値観が違いすぎる』

だから彼から別れを告げられたとき、ナミはなんで自分がこんなにも傷ついているのか理解できなかった。

無意識に、彼を追いかけるために新幹線のチケットを買って、彼の就職先まで追いかけた。男に拒否されたことなんかなくて、自分から誰かを好きになったこともなくて、上京してからのことなんてなにひとつ考えることもせずに。

結局、なかなか上京してきたことも言えず、正樹に会うこともせず、場末みたいなスナックでバイトしながらだらだらと日々は過ぎていき、ひさしぶりに彼に連絡すると、あっさり彼女ができたと言われてしまった。

勢いで問い詰めて、どんな子なのか白状させて、彼女の働いているという店に押しかけた。

新しい彼女だというその子は、どう見ても自分よりは容姿がいいってわけでもなく、これといって魅力があるようにも見えないフツーの女の子だった。

ただ、ぼんやりと彼女を思い出すと、自然に彼の昔の姿とかぶった。そして、ああ、彼女と正樹は似ているんだ。そう思った。

正樹はひと言、「ごめん」と言った。わざわざこっちまで来てくれたのに、気持ちに答えられなくてごめん。彼女とは、結婚も考えているから。だからごめん。最後の最後までバカ正直で、でも大好きだった人。

◆園山

「あら雅ちゃん、ひさしぶりねぇ」

店の扉を開くと、狭い店内にほかに客の姿はなかった。

ママの今日の衣装は細かなビーズの装飾が施された、細身の赤いワンピース。個性的な顔立ちと赤い口紅の色とが合わさって強烈な印象だ。

「いい色だ」

園山は言った。ママは「あらそう？　お気に入りなのよ」と嬉しそうに園山のコートを受け取る。

二十年前のママならさぞかし似合っていたことだろうと思いながら、指定席のワインレッドのスツールに腰を下ろした。

「今日は、ナミちゃんは？」

園山が尋ねると、ママはグラスに割った氷を入れながら言った。

「今日は少し遅れるって、今連絡があったのよ。なんだかね、ちょっと様子がおかしかったわね」

「様子がおかしいって、どんなふうに？」

ママはキープのボトルから焼酎を注ぐ。

「あらやだ雅ちゃん、もしかしてナミちゃんに会いにきたの」

まるでお節介な母親のような表情を浮かべながら、ママは園山にグラスを手渡した。

「店の女の子に会いにきちゃ悪いか」

「雅ちゃんはナミちゃんを気に入ったってことなのね」

ママのすねたような表情は、とても還暦を過ぎたおばあちゃんだとは思えない。園山は「まあ、ね」と言ってピーナッツを口に放り込んだ。

「実はね、今日ナミちゃんは例の彼に会ってるはずだったのよ。だけどあの様子じゃあ、きっとその彼とうまくいかなかったんじゃあないかしら」

ママは園山の隣でシャンディガフを飲んでいる。電話越しの声だけで、よくそんなことがわかるなと園山は思った。女の勘は歳とともに鋭さを増すらしい。

「うまくいかなかったって、ふられたってこと？」

「たぶん、ね。彼と会えなくなって何年かになるらしいから、そりゃあ彼にだってねえ、新しい女のひとりやふたりいるでしょうよ。追いかけるならなんでもっと早くに出て来なかったのかしらねえ」

ママは柿ピーをつまみながらぶつぶつとぼやいている。

「ふうん」

園山はふと、真田真希のことを思い出していた。彼女の不毛な恋はどうなったのだろう。

いい女ほど、叶わぬ恋ばかりするものだな、と園山は思い、口の中のピーナッツを焼酎で流し込んだ。

「そんなことよりねぇ、雅ちゃん、あなた本当に結婚する気はあるの？」

ママは冷蔵庫からカマンベールチーズを取り出しながら言う。

カウンターの中で手早くそれをなにかにさっとくぐらせて、油で揚げる。

園山の好きな酒の肴で、ほかに客がいないときだけママが特別に作るものだ。

「そりゃ、あるさ。相手がいないってだけで」

質問に答える頃には白いリーフ型の小さな皿にのせられた、カマンベールチーズのフリッターが園山の前に置かれていた。

「うん、おいしい」

園山が言うと、ママは満足げな表情をした。

真っ赤なドレスに白いエプロン。

「とにかくね、女は料理とセックスがうまくなきゃだめよ。ちょっとくらい頭が悪くてもいいの。それくらいのほうがうまくいくんだから」

隣に腰かけながらママは言った。たしかにそうだと園山は思った。妻が官能的でかつ家庭的なら、きっとその夫婦は円満だろう。

「あら、ナミちゃん！」

ママが驚いて顔をあげる。

音も立てず、店の裏口から入ってきたらしいナミは、前に会ったときとはどこか雰囲気が違う。

「雅ちゃん、来てはったんですね」

ナミはそっと微笑んだ。優しげな雰囲気のクリーム色のワンピースを着て、髪は巻かずにすとんと下ろしている。

「ママ、あたし彼にふられちゃった」

やはり女の勘は正しかった。ママは「あら、そう」と言って笑った。

「なら今日はわたしの奢りにするわ。酔い潰れるまで好きなだけ飲みなさい。今日はもう、働かなくていいから」

ママはさらっとそう言って立ち上がる。小さな店に似合わないシャンデリア。柔らかな照明に照らされて、普段は見えない目元の皺が映し出される。

「ママ、いいんですか」

ナミはほっと安心したような顔をした。

「ならあたし、今日は雅ちゃんの隣で飲みたいな」

ナミは園山を見下ろした。

「雅ちゃん、今日はあたしに付き合ってくれます?」

「ああ、もちろん」

悲しそうな顔をしている女はたいていいつもより綺麗に見える。幼い顔をした女は大人に見えるし、頭の悪そうな女は少し賢そうに見える。

ナミはいつもより、儚げで色っぽく見えた。

「なら、今日は雅ちゃんの奢りだわね」

ママがニッと笑うと、金色に光る八重歯が見えた。

◇真希

「今日ですね、この店長のストーカーのお花」

絵美が思い出したように、注文書を確認しながら真希に言った。

「十六時に総合病院の病室にお届けってなってますけど、やっぱりわたしが行きましようか？　店長にもしなにかあったら」

絵美は不安げな表情で、泣きそうになりながら言う。

「大丈夫、ストーカーなんていないわよ。それより絵美ちゃん、そのぶんのお見舞のお花お願いね」

「……わかりました。もしなにかあったら、絶対に連絡してくださいね！」

絵美はそう答えると、お見舞アレンジ用のカゴに淡い黄色のペーパーをセットした。

「お見舞なら、元気が出そうな色がいいですよね」

「そう、あと、赤は使っちゃだめよ。血を連想させるから。あ、あと菊もスプレーマムもだめ。お供えみたいになっちゃうから。それとあと、ユリは絶対使わないで」

「大丈夫です。ユリはにおいが強いからですよね。ちゃんと覚えてまーす」

絵美はにっこりと元気よく答えると、注文書を見ながら花を選び始める。

もしもユリの花を見たら、あのひとは母を思い出すだろうか。

あの、ゆり園にいた母の姿のように、まだ無邪気で幸せそうに笑っていたあの頃の、美しかった母を思い出すだろうか。

あの人に会えるかもしれない。自分の父親であろうあの人に。

彼を憎む気持ちと同時に、彼に会うことを心のどこかで少しでも望んでいる自分が許せなかった。

悲しみと、怒りと、どうにもならない思いが泥のように心の中に渦巻いている。

今さら会ったところで、彼は母親の人生を狂わせた人間でしかなく、自分は太一を傷つけるために産まれた子どもであることに変わりはない。

モンステラとグリーンのアンスリウム、黄色のスプレーバラにガーベラ、オンシジューム、モカラにアルストロメリア。

さまざまな花をにぎやかに組み合わせたアレンジを、透明のフィルムとリボンでラッピングすると、絵美はふうとため息をついた。

「できました」

「いいわね。素敵」

「ありがとうございます。あの、本当に、店長ひとりで行って大丈夫ですか」

絵美は本日三度目になるせりふを心配そうに呟いた。

「もう、心配性なんだから。大丈夫」

真希は笑顔でそう答え、完成したアレンジと注文書を抱えると、「じゃあ、行ってくるわね。なにかあったら携帯に連絡ちょうだい」そう言って、店をあとにした。

真希の後ろ姿を心配そうに見つめる絵美の首元で、指輪の通された金色の細いチェーンがきらりと輝いていた。

白くて大きな建物は、何度も配達に来たことのある場所だ。

病院の前を走る大きな道路に沿って、銀杏《いちょう》の木が点々と植えられている。

真希は総合病院の入り口の前で立ち止まった。

総合病院の七階の七〇二号室、この病院にあの人がいる。

躊躇するのは止めようと真希は思った。

自分を認識していないかもしれない、母が自分を産んだことすら知らないかもしれない父親が、今さら自分のことなんてわかるはずもないのだ。

ただの花屋として花を届けて、そのまま帰ればいい。たったそれだけのことだ。

話せないほど弱っているなら、心の中でくたばれとでも言ってやればいい。

他人以下の存在なのだから、病気で死ぬなら勝手に死ねばいいのだ。

真希は深呼吸をひとつして、病院のエントランスをくぐった。

エレベーターホールでもう一度、花と注文書の内容を確認する。

『真田店長に届けてもらいたいとのこと』

わざわざ追記されたそれがなにを意味するのかなど、気にするべきではない。

頼んだのはあの人ではない、誰か別の人物なのだから。

エレベーターの扉が開き、車椅子のお婆さんと妊婦さんが降りて来る。

「綺麗なお花ですねぇ」と声をかけられ軽く会釈をしてすれ違う。

七階のボタンを押して、ふと鏡に映る自分を見た。

どことなく母親に似ているけれど、見てわかるほどではないはずだ。

それもずいぶん皮肉なものだなと、真希は他人事のように思った。

これから会いに行く、誰より愛した男の父親は、自分を捨てた父親なのかもしれないのだから。


七〇二と書かれた個室のドアの前に立つと、やはり緊張しているということなのか足が震えた。

鮮やかな黄色とオレンジを中心にした大振りのアレンジを片腕で抱え直し、病室のドアをノックする。

「どうぞ」

中から聞こえてきたのは女性の声だった。看護師か家族が来ているのかもしれないと真希は思った。

深呼吸で気持ちを落ち着かせ、ゆっくりと病室の扉を開ける。

「失礼します」

窓から差し込む太陽の光がまぶしくて一瞬目を閉じる。

そっと目を開けると、白いパイプのベッドを半分起こし、もたれかかる初老の男がそこにいた。

髪はほとんどが白髪になり、皺も多いが、髭は綺麗に剃られており、青い縞模様の大きめのパジャマを着て、ごつごつとした手の甲には点滴の管が痛々しく繋がれている。

彼は睫毛のふさふさとした目を細め、花かごを抱えた真希を、黙ってじっと見つめていた。

「お花をお届けにまいりました」

できる限りの冷静を装って、真希は言った。

すると真希の斜め後ろから、先ほどの女性の声がした。

「……あなたが、真希さん……？」

真希が振り返ると、そこには太一とよく似た、優しい顔立ちの女性が立っていた。

「あなたが店長さん、よね？」

驚いてなにも答えられないでいる真希に、女性はもう一度尋ねた。

優しげな目元といい、すっと通った鼻筋といい、見れば見るほど太一によく似ている。

体つきはふっくらとしていて、優しさとあたたかさが滲《にじ》み出ているような人だと真希は思った。自分の母親とは正反対の外見だ。

きっと彼女が、太一の母親であり、織田輝真の妻なのだろう。

「こちらに受け取りのサインをお願いします。お花はどちらに置かせていただけばよろしいでしょうか」

真希はなるべく事務的に、表情を変えずにそう言ってペンを差し出した。

女性はペンを受け取りながら、真希の顔をまじまじと見つめている。

彼女は、太一の母親は、自分の正体を知っている。そう思った。

目の前にいる花屋が、夫と不倫相手の娘であるということを。

「本当に、輝真さんにそっくり」

女性が優しい目を細めて言う。彼女にとって、恨んでも恨みきれない相手に違いないのに、なぜそこまで優しい目で見つめられるのだろう。

「真希さん、突然ごめんなさいね」

受領書にサインをして花を受け取ると、彼女は申し訳なさそうに言った。

「花を頼んだのは、わたしなの」

彼女はそう言って、ベッドのそばのテーブルに花を置き、夫の痛々しい点滴の繋がった手を優しく握った。

「あなた……綺麗ね、お花も、真希さんも」

彼女が声をかけても彼はなにも反応することなく、口を閉ざしたまま表情ひとつ変えることがない。

話せないのだ、と真希は気づいた。話せないだけでなく、妻がなにを言っているのかも、もう理解できないのだ。

自分が犯した罪のことも、もちろん真希のことも、もうきっとわからない。

彼はもう長くない、そう思った。

自分の恋敵であったはずの女の娘に、彼女はいったいなにがしたいのだろう。夫が死ぬ前に一度、顔を見ておきたかっただけなのかもしれない。罪深い夫の不倫相手はもう死んだ。だから夫も死ぬそのまえに、どうしても。

真希は受領書を受け取ると、「失礼します。わたしはこれで」と言って女性に背を向けた。

これ以上ここにはいられない。

「待って、真希さん！」

女性に腕をつかまれて振り返る。

「わたしは、わたしには、父親はいません。母は、十年前に死にました。わたしはあなた方の邪魔をするつもりもありませんし、今後一切、あなたのご家族の前には現れません。だから、わたしのことはもう放っておいてください！」

言い終えて、はっとした。

太一の母親が、悲しそうな目で真希をじっと見つめていた。

「違うのよ、真希さん。そうじゃないの」

太一の母親の優しそうな目が、お願いだから話を聞いてと訴えている、そんなふうに見えた。

「真希さん、あなた、勘違いしているのね」

太一によく似た口元が、震えながらそう言った。

「えっ？」

真希は振り払おうとした手を止め、彼女の言葉に耳を傾ける。

「わたしは、あなたのお母さんの恋敵ではないの」

太一の母親は優しい表情で、穏やかにそう言った。

「少しだけ、座って話をしない？」

彼女はそう言うと、ベッドの脇にある小さなソファーを指さした。

母の恋敵ではない、というのはどういう意味なのだろう。彼女は、ベッドに横たわる人物の、妻ではないということなのだろうか。

真希は黙って彼女に従った。

どうしても、太一によく似た彼女の正体が知りたいと思った。

「……どういうことですか？」

真希がソファに腰かけて尋ねると、彼女はゆっくり立ち上がり、ポットから急須にこぽこぽとお湯を注いだ。

「彼は、夫はね、あなたのことを本当に愛していたのよ。たったひとりの血の繋がった娘として」

柔らかに立ちのぼる湯気とともにふたりぶんのお茶が注がれる。

「……たった、ひとり？」

真希は驚いて聞き返す。彼女は今、たったひとりの、血の繋がった、娘といった？

「息子さん、太一さんがいますよね」

太一とよく似た彼女は優しい表情で、「どうぞ」と言ってお茶を手渡すと、ふっと微笑んだ。

「太一は、わたしの連れ子なの。お互いに再婚なのよ、わたしたち」

「……再婚？」

真希はベッドの上の、もはや話すことのできない父親に目を向ける。

「あなたのお母さんと主人が付き合っていたのはね、わたしの前の奥さんのときなのよ」

真希は呆然とした。

「その前の、奥さんとは……？」

おそるおそる尋ねる。どこまでが本当で、なにを信じればいいのかわからない。前の妻とは別れたのなら、どうして自分の母親は、父親と結婚することができなかったのだろうか。

「前の奥さんは、亡くなった。彼女との間にひとり息子さんがいたの。彼の前の奥さんと子どもは、ふたりでいるときに事故にあって、だけど本当に事故なのか、心中だったのか、今でもわからないそうよ。そのことに、罪悪感を感じたあなたのお母さんは、すぐに彼から離れたと聞いたわ」

太一の母親はそう言って、悲しそうに夫を見た。

「そして、あなたのお母さんは彼に内緒であなたを産んだ。たったひとりで」

自分の名前に、父の名前の文字が使われている理由。苗字の一文字としてではない、それはきっと、母の愛する人の名前から取った一文字だった。

母は死んだ奥さんと子どもに、詫びようとしていたのかもしれない。

償いきれない罪を犯した罰として、愛する人に、二度と会わないことと引き換えに。

「わたしも最初は驚いたわ。亡くなった奥さんとは別の人とのあいだに、娘がいると聞いたときはね」

太一の母親はそう言って、真希に向かって微笑んだ。

「わたしも主人を亡くしていたの。太一の父親をね。あなたのお父さんは、奥さんと息子を一度に亡くしていて、あなたのお母さんも失った。罪悪感と孤独感で、彼はもうボロボロだったの。あたしはそんな彼を放っておけなかった」

「それで、再婚を?」

「ええ。彼はあなたのお母さんのように、ひとりぼっちで罪を背負っていた。太一はまだ小さかったし、わたしはなにより太一の父親がほしかったから、わたしが彼に頼み込むかたちでね」

「そんな……」

真希は言葉を失った。

自分の実の父親であり、太一の育ての父となった、孤独で不器用で不幸な男。

それが、今目の前にいる彼なのだ。

「彼は亡くした息子と、会えない娘、あなたのかわりに、太一をとても大切にしてくれた。彼はずっと、前の奥さんのお墓参りを欠かさなかったわ。あなたのお母さんが亡くなってからは、あなたのお母さんのお墓参りもね」


「て、店長っ!」

店に戻ると、絵美が涙目になりながら走り寄ってきた。

「遅かったから警察に電話しようかと……ストーカーにさらわれたんじゃないかってもう心配で心配で……」

ぐすんぐすんとべそをかきながら絵美が真希に抱きついた。

「ごめんね、遅くなって。全然大丈夫だったわよ？　ただのわたしの熱狂的ファンだった」

真希は笑いながら、絵美の頭をよしよしと撫でた。

知らなかった、母親と父親の真実。

そして、父親と太一との関係。

なにもかも、自分の想像とは違っていた。

母親は父親に捨てられたわけではなかった。

父の妻子を死に追いやったかもしれない罪悪感から、自らひとりで生きる道を選んでいた。

この人はもうすぐ死んでしまうの、と太一の母親である彼女は言った。

だから最後に、ずっと大切に思っていたあなたに、真希さんに会わせてあげたかったの、と。

◆太一

二十年前。

自分の父親が本当の父親でないと知ったのは、太一が七歳のときだった。

知ったと言ってもそれまで両親に嘘をつかれていたというわけではない。

太一の家には昔から、亡くなった『パパ』という人物の写真が仏壇に飾られていたし、太一は自分が『父さん』と呼んでいる人物がほかの友達の『父さん』とは違うということに薄々感づいてもいた。

小学校に入学し、そろそろ本当のことを話してもいい時期だといって、両親からそう聞かされたのだった。

その話を聞いてからも、太一と『父さん』の関係は今までどおり順調で、よく男同士で釣りに行ったりキャッチボールをしたりしたものだった。

そんなある日のこと。

太一は父親に連れられて、ふたりきりである場所を訪れる。

父親は太一に、「お前に頼みたいことがあるんだ」と言った。

その公園には、一面に優しい薄紫色のコスモスが咲き乱れていた。

「ほら太一、あそこを見てごらん」

父親が、そう言って遠くの方を指さした。

そこには、コスモス畑の中で無邪気にはしゃぐ、自分と同じくらいの女の子と、それに寄り添うように歩くひとりのお婆さんがいた。

あまりに遠くて顔まではよく見えないけれど、とても綺麗で可愛いらしい女の子だなと太一は思った。

父親は、彼女を指して太一にこう言った。

「あの子を守ってほしいんだ」

「守る？　僕が？」

太一は父親を見上げて聞き返した。

「そうだ」

父親はしゃがみこむと、まるで友達のように太一の肩に手を回した。

「父さんからのお願いだ。あの子が悲しいとき、つらいとき、お前がそばにいて守ってあげてほしい。太一、これは、男の約束だ」

父親はしっかりと、太一の目を見てそう言った。

「男の、約束……？」

「ああ、そうだ。母さんには内緒だぞ。これは父さんと太一の、一生に一度きりの男の約束だ」

自分が守るべき女の子は、真希という名前だった。

偶然にも太一と同じ小学校に通っていて、違うクラスにいた彼女に、太一はある日思い切って話しかけてみることにした。

近くで見ると、遠くから見るより数倍綺麗で可愛いかった彼女に、太一はなんと話しかけていいかわからず、とっさに彼女の胸についた名札『真田真希』を見て「マダマキ?」と言ってしまった。

「サナダマキ、よ」

ふふっと優しく微笑んだ彼女に、太一は真っ赤になってこう言った。

「僕たち、友達にならない? これからは僕が、真希を守るから」


それ以来、太一と真希はなにをするのもいつも一緒だった。

中学生になり、お互いが徐々に大人の体へと変化していくにつれ、どちらからともなく触れ合うことだけは避けるようになっていた。けれど、そのことが逆に太一の真希に触れたいという欲求を抑えきれなくさせていた。

高校生になると真希には恋人ができ、それに対抗するように太一も恋人を作った。

幸い、付き合う女の子には不思議と不自由しなかったから、彼女とのセックスではいつも真希の顔を思い浮かべた。そうすることでしか満足できない自分がいて、彼女より真希を優先してしまうことも、自分の中ではごく自然なことだった。

真希は、太一のすべてだった。

太一が真希を抱きしめたい、キスしたいと願うたび、彼女は少しずつ太一から離れていくような気がした。

まるで、ひらひらと舞う蝶のように、真希は太一の作った囲いの中から逃げ出そうとしているように思えた。

真希を傷つけたくはない。

だけどもうこれ以上、真希に恋人ができるのを黙って見ているのは限界だった。

たとえ叶わない恋だとしても、もう友達ではいられない。

「守ってやるって、約束したのにな」

太一は小さな真希の写真に向かって、そう呟いていた。

◇真希

仕事帰りのサラリーマンが、フラワーショップの前に立てられた黒板を見て立ち止まる。

立ち止まったサラリーマンは体格もよく、背が高い。

堂々とした立ち姿、少し強面だが、自然に日焼けした肌に爽やかな短髪が、いかにも働き盛りの営業マンという印象だ。

彼は少し悩んで恥ずかしそうに頭を掻きながらそろりと店内に入ってくると、真希に向かってこう言った。

「あの、今日は、いい夫婦の日、というのは本当かな？」

黒板には、カラフルなチョークで絵美の可愛いらしい文字で、『十一月二十二日は、いい夫婦の日！　奥様に感謝の花束を！』と書いてある。

真希はサラリーマンに向かってにっこりと微笑む。

「はい。今日はいい夫婦の日です。奥様はどんなお花がお好きですか？」

サラリーマンはううんと唸って頭を掻いた。

「わからないいな、君にお任せするよ」

「かしこまりました。では、ご予算はおいくらくらいでお作りしましょうか」

真希は笑顔を崩さずテンポよく話す。一日に何度も繰り返されるこの会話も、お客様のことを知る大切な会話だと真希は思っている。

「そうだな……だいたい一万円くらいでどうかな？」

彼は不安げな表情で尋ねる。

真希はうーんと首を捻った。

「そうですね、一万円でしたら、かなり大きなお花束もお作りできますが」

売上のためには予算ぴったりに作り上げればいいのだが、受け取る側の気持ちを考えて接客しなければならないと、真希はいつも絵美に厳しく言っている。

「たとえばそのまま、玄関の花瓶に飾れる程度の大きさのお花束のほうが、忙しい奥様には喜んでいただけるかもしれません」

大きすぎる花束をもらって喜ぶのは、花を生けるのが趣味という人か、もしくは大勢の人の前や舞台で贈呈される花束の場合だ。

たいていは、茎を短く切りそろえないと花瓶に入らないような花束は敬遠されることが多い。

「それくらいのサイズでしたら、高級なお花ばかりでまとめても七千円程度で大丈夫かと思いますが」

真希がそう言うと、サラリーマンは「じゃあ、それで頼むよ」と言って安心したように笑った。

◆猛

店いっぱいに飾られた、数え切れない種類の花をぐるりと眺めながら、猛は麻里子の顔を思い浮かべていた。

麻里子には花がよく似合う。

猛は、この店の店長らしき女がたくさんの中から次々と花を選び、花束に組み入れていく様子を興味深く眺めた。

女はものすごいスピードで、選び取った花の葉を取りハサミで切りそろえて丁寧にきっちりと花束を仕上げていく。麻里子が花束を受け取るところを想像して、猛は思わずふっと笑った。

「こういった感じで、いかがでしょうか？」

店長らしき女は左手に花の束を持ち、猛に組み終えた花を見せて確認した。

花束は、青みがかった濃いめのピンクと淡い紫色を基調にした色合いでまとめられており、落ち着いた大人の女性である麻里子にはぴったりだと猛は思った。

「いいね、ありがとう」

猛が右手でオーケーサインを出すと、店長らしき女はにっこりと笑い、「では、ラッピングさせていただきますので少々お待ちください」と言ってカウンターの中に入って行った。

どこかで見たことのある顔だと思っていたら、いつだったか麻里子が妊娠中に行った喫茶店で見た女だったと猛は思い出した。

「あれはきっとお花屋さんね」

たしかそう麻里子が言っていた気がする。

◇真希
淡い紫色のバラをメインに、鮮やかなグリーンの実物やシルバーブルニア、スカビオサ、落ち着いたピンクのスプレーバラ、コチア、珍しい濃い紫のカーネーションを組み合わせ、丸いラウンドブーケに仕上げていく。

シルバーと紫色のリボンを使ってラッピングすると、落ち着いた大人のブーケに仕上がった。

「お待たせいたしました」

サラリーマンの男性客に花束を手渡すと、その表情であっと思い出す。

「お客様、失礼ですが……近くのカフェに奥様といらっしゃいましたよね？」

男性客は、ふっと笑いながら言った。

「覚えてたんですね。僕も、さっき思い出したんです」

真希はやっぱりそうだった、と呟いて、「お子さまは、もうお産まれになりましたか？」と尋ねる。

男性客は、強面の表情を崩して柔らかく笑うと、「ええ」と言った。

「可愛いくて、たまりませんよ」

「そうでしょうね。お綺麗な奥様でしたもの」

真希が言うと、男性客は「ええ、それは」と言って嬉しそうに笑った。
◆園山
「腹減ってるだろ？　なんでも頼んでいいからいっぱい食えよ」

園山雅人は馴染みのイタリアンレストランのテーブルで、向かい側に腰かける若くて美しい女性に向かって、まるで自分の娘にでも言うように言った。

彼女といると自分の娘か妹か、小さな姪っ子のように感じるときがある。もちろん若くて美しい彼女を見ていると、男としての欲望が掻き立てられないと言えば嘘にはなるけれど。

「なに頼もうかなぁ。雅ちゃんお金持ちやからいっぱい食べたろ」

ナミは悪戯っぽく笑う。園山が店員を呼び、注文を済ませると、ふたりは向き合って目を合わせる。

「ひとつ聞きたいことがあるんやけど」

ナミはあらたまって言った。その表情は、いつもと違って少し不安気で真剣だ。

「なに？　俺の年齢だったらその質問には答えられないけど」

園山がはぐらかすように言うと、ナミはあははと笑う。

「雅ちゃんは三十九歳。来年四十歳のオッチャン」

「オッチャンはやめてくれよ」

「じゃあオイチャン？　あたしが聞きたいのはそんなんじゃないねん」

ナミは真剣だ。「ごめん、ごめん。じゃあなに？」と園山が再び尋ねると、ナミはコホンと咳払いをする真似をした。

「雅ちゃんは、なんであたしを誘ったん？　あたしと寝たいから？」

園山は、飲んでいたグラスのミネラルウォーターをぶっと噴き出した。

「率直すぎてなんて答えていいかわからない」

園山は笑った。

「もちろん寝たくないわけじゃないけど」

「やっぱりな。べつにいいねん、あたしは。それやったらこんなおしゃれな店に連れてきてくれんでも、さっさとホテルに連れ込んでくれたってよかったのに」

ナミは少しだけ悲しそうに、ぶっきらぼうに言った。

「そんな大人の気遣いみたいなんいらんねん。こんな店連れてこられたら、普通のデートみたいに思ってしまうやん」

「そんなつもりで誘ったんじゃない」

「でもいつかは、そのうち、三回目くらいには、とか思ってるんやろ」

こんな話を周りに聞こえるような声で堂々とする女は初めてだ。園山はおかしくなって笑った。

「べつに嫌なら二度と会わなくてもいいよ、選ぶ権利は君にある」

「なに、その言い方。あたしがふられたの知ってるからって弱みにつけ込んで誘ったくせに」

ナミは頬をふくらませている。喧嘩をしようとしているのか冗談なのか、とにかく園山は笑いがこみあげて仕方がなかった。

「じゃあ、なんて言えばいいんだよ」

「あたしに聞かんと自分で考えて」

ぷいと横を向いたナミは、料理が運ばれて来ると何事もなかったかのように嬉しそうに食事をし始めた。まるでテレビのレポーターのように「うわあ、おいし！」といちいちハイテンションでリアクションしながら食べるナミは、さっきまで自分を抱きたいのかと尋ねてきた女と同じ女だとは思えない。

これは久々に苦労するな、と思いながらも、園山はどこかワクワクした気持ちが湧き上がってくるのを感じていた。

◇真希

「おかえり、真希」

キッチンに立っていた、武が振り返って言った。

風呂上がりらしい武はまだ髪が少し濡れていて、マグカップをふたつカウンターに置くと「真希もコーヒー飲む？」と聞いてくる。

真希は黙ってバッグを置くと、キッチンの武に歩み寄った。

ふたりで暮らすようになって、武と毎日同じ部屋に帰ることが、どれだけ幸せなことかを知った。

武が自分のもとからいなくなってしまうことを不安に思わなくなった代わりに、今までは感じることのなかった気持ちが真希の中に芽生え始めていた。

「武、話があるの」

「どうした？」

武が振り返る。

自分だけのものになった武。

妻の代わりに武の所有権を手にした自分。

でも武はきっとまた、自分以外の女を抱くだろう。

奪ったものは奪われて終わるのだ、そんなふうに考えると、武の妻であった人の気持ちがよくわかる。

奪われるということは恐ろしいことだ。

一緒に暮らしてなお、こんな不安定な気持ちにさせる男のことを、なぜあんなにも愛していたのだろう。

もっとも大切な人を置き去りにして、あんなにも傷つけてまで。

「武、わたし、ここを出て行くから」

「いきなりなにを言ってるんだ。悪い冗談はやめてくれよ」

武は半分笑いながら言った。

そう言いながら、真希の腰を引き寄せて抱きしめる。

「まだ一緒に暮らし始めたばかりじゃないか。やっとふたりきりでずっといられるようになったのに」

真希は黙って武を見た。

都合のいい女、という言葉は自分のためにあるような気がして嫌いだった。

そうは思いたくなくて、ずっと気持ちを殺して付き合ってきた。

だけどやっぱりそうなのだ。武にとって自分は、抱きしめて一緒に眠るための道具でしかない。

無理やり口づけようとする武の顔を右手で押さえる。

「武、わたし好きな人がいるの」

何度も重ねた唇の、柔らかな感触が手のひらに伝わった。

「武に抱かれているとき、彼の顔を思い浮かべたこともあった」

まさかという表情で武は凍りつく。

「ずっと、好きになっちゃいけない人だと思ってた。でも、違ったの」

真希は言った。悲しそうな目で自分を見る、一度でも愛した男に最後に嘘はつきたくない。

「彼のこと、好きになってもいいんだって、そう思ったら、もうどうしようもなくて、武と一緒にいても彼のことしか考えられなくなってた」

「わたしは彼のこと、たくさんたくさん傷つけたから、もう会ってもらえないかもしれない。それでも、わたし、その人のことはどうしても諦められないの」

「わたしは彼がいなきゃだめなの」

もう、あの日のように涙は出なかった。武のことを、魅力的だとも思えなかった。目の前で武がキッチンの床に崩れ落ち、「なんで、なんで……」と小さく唸るような声を漏らしていた。

◇絵美
テーブルに向かい合って、いつになく真剣な眼差しで絵美が正樹を見つめる。

「……どう？」

おそるおそる尋ねる。目の前には白い皿に盛りつけたトマトとベーコン、茄子、きのこを使った絵美の初めての手作りパスタ。

その記念すべきひと口めを、真剣な表情で正樹が味わっている。

「絵美ちゃん」

正樹が言った。

絵美は身を乗り出して、不安げな表情で正樹の感想を今か今かと待っている。

「そんなに見つめられたら俺、顔に穴があきそう」

正樹はぶっと噴き出した。

「大丈夫、すごくおいしいよ」

絵美はほっと胸を撫で下ろしたように「よかったぁ」と呟いた。

「まあ、俺っていう名コーチがいるからね」

正樹は得意げに言う。絵美の記念すべき初の手作りパスタは、材料、作り方からすべて正樹コーチの監修によるものなのだ。

「でも、結婚したら料理を作るのはやっぱり俺かな。絵美ちゃんのおいしそうな顔を毎日見たいしね」

正樹はそう言ってにっこりと微笑むと、「それってもしかしてプロポ」と言いかけた絵美の唇に、そっと優しくキスをした。

◆猛

マンションの扉を静かに開けると、猛は赤ん坊を起こさないように細心の注意を払いながら、寝室の麻里子に近づいた。

「麻里子」

小声で麻里子に呼びかける。慣れない育児で疲れきっているのだろう、麻里子は「うん」と小さく呟きながら目をこすった。

「あ、おかえりなさい、猛さん」

申し訳なさそうな表情で、麻里子がベッドから起き上がる。

「ごめんなさい、寝ちゃってた」

「いいんだよ、そんなことより、今日はなんの日か知ってる？」

猛は目の前の愛しい女性に優しく尋ねる。

「十一月、二十二日？　ごめんなさい、わからないわ」

麻里子が言うと、猛は得意げに「いい夫婦の日、だって」と言いながら、右手で背中に隠していた花束を取り出した。

「わあ！　すごく綺麗！　これどうしたの？」

麻里子が驚いて猛に聞くと、猛は跪《ひざまず》いて麻里子に花束を差し出した。

「俺からの、感謝の気持ち」

麻里子は今にも泣きだしそうな表情で花束を受け取り、猛の逞しく太い首めがけて思い切り抱きついた。

「猛さん、大好き！」

第五章　四つ葉のクローバー

花言葉　わたしのものになってください

◇真希

「はぁ、今年も終わっちゃいましたね、クリスマス」

ガラス越しに外を眺めながらポインセチアの鉢植えを片付けていた絵美が、一年前も聞いたようなせりふを呟いた。

「絵美ちゃん、まだ十時よ。あと二時間あるのよ？　クリスマスは」

去年もたしか同じようなことを言ったな、と思いながら真希は答える。壁に飾ったクリスマスのオーナメントをはずし、ゴールドクレストの電球を巻き取る。

高い位置に置いていた、黄金ヒバのガラスベースを目立たない位置に下ろし、雲竜柳や金竹を使ったアレンジメントを白い陶器の壺に生けていく。

「絵美ちゃんは、今晩は彼とクリスマス？」

化粧も取れて、ほとんどすっぴん状態の真希が絵美に聞く。ここのところめっきり綺麗になった絵美の恋の行く末が、真希は気になって仕方がない。

「はい、彼もお店がクリスマスで忙しいので、たぶんクリスマスが終わってからのパーティーになると思いますけど」

そう答えた絵美はどこか嬉しそうで、真希もつられてなぜだか嬉しい気分になる。

「店長は？　クリスマスは誰と過ごすんですか？」

絵美にそう尋ねられ、真希はふふふと笑った。

「わたし？　わたしは家でひとりさみしくシャンパンでも飲むかな」

　去年に比べて格段に片付けのスピードがあがっているのは、絵美に明日のぶんのアレンジやブーケの見本の作り変えを任せられるようになったからだ。

「今年はクリスマスのあいだに帰れるかもね。さ、あとちょっとがんばろ」

　真希はそう言って腕まくりをすると、猛スピードで片付けを進める。

　窓の外は雪が降りだしている。

「今年はホワイトクリスマスかぁ」

　絵美がぼんやり呟いた。

「店長、店長はもっと、自分の気持ちに素直にならなきゃだめだと思います」

　窓の外の雪を見ながら、突然絵美はそう言った。

「……ええっ？」

　びっくりして声をあげる。

「わたしがどう素直になるっていうの？」

　まさか絵美からそんなことを言われるとは思ってもいなかった。作業の手を止めて絵美の顔を覗き込む。

「好きな人には、ちゃんと好きだって言わなきゃだめですよ」

　絵美はにっこりと笑ってそう言った。

年下の絵美のひと言が、真希の胸に突き刺さる。

「怖いのよ、わたし」

真希は言った。

「彼のこと、大切すぎて、好きすぎて、失うのが怖いの」

少しずつ降り積もる雪が、暗い夜に白い光を灯してくれる。

あんなにひどいことをしておいて、今さら素直になんてなれるはずがない。

汚れた自分の心にも、雪が降ってくれたらいいのにと真希は思った。

「店長、今日はクリスマスですよ？」

絵美はにこやかにそう言って、ガラス窓の外を指さした。

「あの人が、店長のサンタクロースかもしれないですね」

「えっ？」

真希が窓の外を見る。

絵美が笑って指さした先には、見慣れたシルバーのキューブが止まっていた。

サイドガラスは曇って見えにくいけれど、運転席にいるのは間違いなく、真希が素直になれない相手、太一その人だ。

「店長？」

絵美が真希に声をかける。

「今日はわたしに片付け、任せてもらえませんか？」

「……えっ？」

絵美は、ロッカーから真希のバッグを取り出して、真希に手渡した。

「クリスマスの神様が、きっと店長の恋の味方をしてくれます！」

絵美がそう言うと、真希は黙ってバッグを受け取った。

真希は制服にフリースを羽織り、手袋をしてマフラーを巻く。

「店長！」

絵美が真希に向かって言った。

「わたし、店長が素直になれるように応援してます！」

姿勢を正して見送る絵美の声。

真希は小さくうなずくと、にっこり笑って手を振った。

「ありがとう。絵美ちゃん」

店を出ると、冷たい空気が真希の体を包み込んだ。

ふわふわと降りてくる雪の白い結晶が黒いフリースに降り積もり、点々と水滴になって消えていく。

真希はゆっくりと深呼吸をして車に近づいた。

車の前に立ち、コンコンと運転席の窓を叩く。

待ちくたびれて眠りかけていた太一がゆっくりと顔をあげ、運転席の窓が開く。

「おう、お疲れ」

太一がいつものようにそう言った。

それだけで真希は泣きだしそうな気持ちになる。

「寒いだろ？　乗れよ、真希」

太一はそう言って、助手席を指さした。

愛してはいけないと思っていた。

抱かれたいと願ってはいけないと思っていた。

ずっと心の中に閉じ込めていたこの気持ちは、もう隠さなくてもいいのだ。

「タッちゃん」

沈黙を破るように「ひさしぶりだな」と太一が言った。

何度も何度も、当たり前のように座った太一の車の助手席は、助手席から見る運転席の太一の横顔は、今までとまるで違って見える。

「びっくりしちゃった」

震える声で、真希は言った。

「店の外見たら、タッちゃんの車がいるんだもん」

「迷惑だった？」

真希の顔を見ずに太一は言った。

「タッちゃん、わたしね」

なにから伝えればいいのだろう。

十年以上も前から好きだった。

好きになってはいけない人だと思っていた。

「タッちゃん、わたし……」

「真希、ごめん」

太一が真希の言葉を遮るように言った。

「俺、やっぱり真希のこと、忘れらんなくて。バカみたいなのはわかってる。だけど、どうしても今日、お前に会ってちゃんと話したかった」

太一はそう言って、ポケットの中から小さな紙の包みを取り出した。

「これ、受け取って」

真希は小さな小さな包みを受け取った。

白い包みを指で開ける。

「タッちゃん？　これ……」

包みの中身と太一の顔を交互に見る。

「お前なら、真希ならわかるだろ？　どういう意味か」

太一は俯いて、情けない顔でそう言った。

「俺、お前のためにわざわざ本で調べたんだからな。ちょっと強引かもしれないけど、それが俺の気持ちだから」

真希は包みの中身を愛おしそうに眺めたあと、ふうと一息ついてそして言った。

「わたし、彼とは別れたの」

えっ、と声を漏らして太一が真希の顔を見る。

「ほんとよ、タッちゃん」

真希はにっこりと笑って、太一から受け取った包みを太一に差し出した。

「これは、わたしが言わなきゃいけないせりふかもしれない」

「えっ？」

太一が包みを受け取り真希を見た。

「あなたのことが好き」

真希はしっかりと、太一の目を見てそう言った。

「ずっと、ずっと、ずーっと前から、タッちゃんのことが好きだった」

いつまでも、降り積もる雪と、行き交う人の白い息。

手を繋いで、売れ残りのクリスマスケーキとビール、少しのおつまみを買い、照れながら寄り添うふたりは、あたたかな光の灯る小さなマンションの一室へと吸い込まれていく。武と別れてひとりで探したマンションは狭いけれど、やっぱりこっちのほうが自分には合っているような気がする。店からも近いし、窓からの眺めも悪くない。

この部屋に太一が来るなんて、まるで夢みたいだ。

マンションにつくまでの車の中で、真希は太一に言ってみた。

『わたし、タッちゃんのお母さんに会ったよ』

『えっ？』

なんで？　いつ？　と不思議そうに太一は目を見開いた。

『タッちゃんは、ほんとになにも知らなかったのね』

『だからなにが？　知らなかったって、なにを？　訳わかんないんだけど』

真希はふっと笑ってしまう。いかにも太一らしいな、と思う。

太一がなにも知らずにいてくれてよかった。

太一が今まで自分から離れずにいてくれたのも、自分を守り、支えてくれていたのも、自分を好きになってくれたのも、太一の母と自分の父親、そして亡くなった自分の母親の、彼らなりの自分たちへの愛情のおかげなのかもしれない。

散らかった部屋の小さなテーブルに、ビールとケーキを広げて向かい合って微笑み合う、太一と真希。

「ケーキ切ろうぜ！」

「その前に乾杯でしょ？」

「なにに乾杯すんの？　もうクリスマス終わったけど」

「そうね、わたしたちの未来に？とか」

「俺たちの未来に」

「乾杯！」

「乾杯！」

缶ビールをコツンとぶつけて勢いよく飲み干すと、太一が真希の肩に手を回す。

「ち、ちょっと、タッちゃん！　……タッちゃ」

言い終える前にふさがれた唇は、あたたかくて柔らかく、ちょっぴりアルコールの味がした。太一の舌先が真希の上顎をくすぐると、真希はたまらなくなってふふっと笑う。

太一の両手が真希の脇の下に伸び、くすぐりながらひとつずつシャツのボタンを外していく。真希は負けじと太一の太ももをくすぐりながら、太一のデニムのベルトに手をかけた。

「うわ、俺、真希に犯される」

キスの合間に太一が笑いながら言うと、真希も笑いながら「そうよ？」と答えた。

「だって、タッちゃんはもう、わたしのものなんだから」

まるで、お互いの存在を確認し合うように強く、動物のようにただお互いを求め合った。息は途切れ、汗にまみれ、なにもかもでびしょ濡れになりながら、お互いに溶けてしまうような温度に達するまで。

愛の言葉はいらなかった。

ただひたすらに、痛いほどにお互いの愛を感じていたから、「愛してる」なんておかしくて口に出すことができなかったのだ。


太一がくれた包みの中には、太一が見つけた四つ葉のクローバーが入っていた。

四つ葉のクローバーの花言葉は
『わたしのものになってください』

あまりにも直接的な表現が太一らしくて、真希は思い出すたび笑ってしまいそうになる。

『愛情』とか、『あなたを愛します』とか、もっとふさわしい花言葉の植物はほかにたくさんあったはずなのに。

『わたしのものになってください』

自分たちふたりには、この言葉が合っているような気がする。

本当はずっと、太一のものになりたかった。

太一を自分だけのものにしたかった。

真希は思う。

四つ葉のクローバーが、その願いを叶えてくれたのかもしれないと。

＊　＊　＊

「店長の結婚式のブーケは、わたしに作らせてくださいね」

バラの棘取りをしながら絵美が言う。

「店長のイメージは、グリーン多めのナチュラル系ブーケなんです。だからもうそのときは張り切って、本物のジャングルに花材集めに行ってきますからね！」

絵美は勝手な想像に胸をふくらませている。

「だから、まだ結婚なんて決まってないって言ってるじゃない」

真希が呆れ顔で言うと、絵美は楽しそうに「またまたぁ、そんなこと言って」と笑いながら言う。

「からかうと絵美ちゃんの結婚式のブーケ、作ってあげないわよ！」

真希が怒ったような表情を作り、絵美のほうをちらりと見る。

絵美は途端に「ご、ごめんなさいっ！　わたし、結婚式は絶対に店長にブーケ作ってもらいたいんです……！」と泣きそうな顔で訴える。

恋の力は偉大だな、と真希は思う。

太一と付き合うようになってから、半年ほどになる。真希は今まで感じたことのない安らぎと安心感を手に入れた。

太一と抱き合うだけで嫌なことはすぐに忘れることができるし、太一と寝ると朝までぐっすり眠ることができるのだ。

「いらっしゃいませ！」

店内に絵美の元気な声が響き渡り、花屋の仕事はやっぱり素敵だな、と真希はふと思う。

今日も明日も、誰かの恋のお手伝いができる。愛情を伝えるお手伝いができる。

それはとても、とても幸せなことなのだ、と。

「これ、他店でバカ売れらしいぞ」

園山が店に持ってきたのは、黒いトレーに入った小さな苗だった。

取っ手のついた紙製のポットで、すでにひとつひとつがギフト仕様になっている。

「なんですか、これ」

絵美が園山に尋ね、トレーの中を覗き込んで「わぁ！」と声をあげた。

「すごい！　四つ葉ばっかり！」

《幸せの四つ葉のクローバーをあなたに》というポップ付きのクローバーの苗は、一見普通のクローバーに見えるけれど、よく見れば小さな苗にしてはかなりの割合で四つ葉のクローバーが生えている。

つまり奇形の四つ葉を、生産者がうまく栽培したということだ。奇妙な光景に真希は顔を背けた。

「こんなの、反則でしょ。ズルして幸せになろうとしたってだめだっつの」

園山は、思ったとおりの反応だとばかりに真希の態度にふっと笑った。真希とは対照的に、絵美は目を輝かせている。

「そんなことないですよ！　みんな幸せになりたいですもん。きっと売れますよ！　これ」

絵美は言った。「わたしなら、買っちゃうなぁ」

「じつはこれ、知ってたけどあえて注文してなかったんだよね。嫌いだから」

真希は言った。

「でも、絵美ちゃんがそう言うなら売ってもいいかな。マネージャー、これとりあえず二ケースお願いします」

「了解。仕入れに伝えておくよ」

園山は手元のトレーからポットをひとつ取り出した。

「絵美ちゃんに、あげるよ」

「やった！」

四つ葉のクローバーの苗を受け取って、絵美は満面の笑みを浮かべた。

少し前、武から久しぶりに連絡があった。

どうやら新しい彼女ができたらしい。堂々と真希と住んでいたマンションで同棲しているというから驚きをとおり越してあきれてしまった。武はやっぱり、武のままだ。同時に、ほんの少しほっとした。彼はひとりでは生きられない男だから。

そんな武を笑えるようになったのは、今が幸せで、満たされているからだ。もう二度と、武と会うことはないだろう。


「ただいま」

広くはないが清潔感のある、真っ白い壁のマンションの一室には、ガラスの花瓶に生けられたさまざまな種類の花が並んでいる。

真希が店から持ち帰った、処分する予定だった花だ。

「おかえり、真希」

太一が頭を少しあげて言った。彼が本を片手に寝そべっている淡いグリーンのソファーは、アウトレットモールで見つけてきたふたりのお気に入りだ。

「タッちゃん、なに読んでるの」

真希はソファーに近づいて、太一の手から読んでいた本を取り上げた。

「名づけの本？　なによ、これ」

太一は立ち上がり、真希からその本を奪い返した。「仕事の帰りに買ったんだ。って、笑うなよ」

「わたし、妊娠なんてしてないよ。ていうか、なんで結婚情報誌とかより先に、名づけ本なわけ？」

真希は半分バカにしたように笑って、太一の頬をつねった。

「イテッ！　やめろって！　なんとなくだよ」

太一は真希の手を振り払った。

「てか俺、プロポーズは前にもしただろ？　普通さ、真希が買ってくるんだよ。結婚情報誌とか、そういうのは」

太一はソファーに腰かけて、真希に隣に座るように目で合図する。

真希は素直に太一の隣に座る。弾力があって柔らかいソファーが、ふたりぶんの体重を受けとめた。

「何回でも言うよ？　俺は真希が好きだから、ずっとずっと一緒にいたい。結婚しよう」

真希は小さくうなずいて、「あ」と思い出したように言った。

「そういえば、タッちゃんは、ズルしてないよね？」

「なんの話？」

「できないか。タッちゃんには、そんな発想ないもんね」

「だからなんの話だよ」

「ん？　ズルして幸せを手に入れようとするかどうかの話」

「なんだそりゃ」

真希はふふっと笑い、不思議そうな顔でぽかんとしている太一の頬にキスをした。

END

あとがき

はじめまして、こんにちは。木村 咲と申します。このたびは、本書をお手に取っていただきましてありがとうございます。

この作品は、フラワーショップを舞台に、三人の女性の恋愛を書いた物語です。

店長の真希、アルバイトの絵美、専業主婦の麻里子は、それぞれの秘密や悩みを抱えながら恋をしています。三人以外の登場人物も、誰もが誰かに特別な想いを抱えています。クリスマスに始まりクリスマスに終わる、彼らの一年間のお話です。

フラワーショップの仕事は、実体験を元にして書いています。華やかで優雅な見た目とは裏腹に、とてもハードな仕事です。普通のカップルがデートをしたり旅行をしたりして過ごしているとき、大抵一年で最も忙しい時期にいます。終電にも乗れず、まともに家にも帰れないような日々を過ごしながら、荒れた手で、みなさんの大切な人に届けるお花をせっせと作っているのです。

この本を読んで、駅前のフラワーショップで働くスタッフの女の子たちを温かい心で見守ってくださるようになれば嬉しいです。大切な人との大切な日には、フラワーショップに立ち寄って、ぜひお花を買ってみてください。

男と女の綺麗ではない部分もたくさん出てくるこの物語、読んだあとに嫌な気分になられた方がいたらごめんなさい。

この本を最後まで読み終えてくださったとき、女性には、どこかに自分の気持ちと重なるところをひとつでも見つけてもらえたなら嬉しいです。男性には、女の強さも弱さもずるさもなにもかも、全部ひっくるめて包み込んでもらえたら嬉しいです。

とりあえずあとがきだけでも読んでみようかな、とページをめくってくださった方もいるかもしれません。美しいカバーイラストや素敵な帯のおかげでしょう。そんな本との出会い方も、わたしは大好きです。素晴らしい出会いに導いてくださったイラストレーターのかとうゆきおさん、帯やタイトルを考えてくださった担当の森上さんに感謝します。

花のお仕事と同じくらい本が好きな私が、フラワーショップの四季をひとつの小説にさせてもらえたこと、この作品をサイトで読んでくださった読者の方々、書籍化に携わってくださったすべての方々に、心から感謝しています。

二〇一七年十月　木村 咲

この物語はフィクションです。実在の人物、団体等とは一切関係がありません。

木村 咲先生へのファンレターのあて先
〒104-0031　東京都中央区京橋1-3-1　八重洲口大栄ビル7F
スターツ出版(株) 書籍編集部 気付
木村 咲先生

いつかの恋にきっと似ている

2017年10月28日　初版第1刷発行

著　者　　木村 咲　

発行人　　松島滋
デザイン　カバー　河野直子
　　　　　フォーマット　西村弘美
D T P　　久保田祐子
編　集　　森上舞子
　　　　　須川奈津江
発行所　　スターツ出版株式会社
　　　　　〒104-0031
　　　　　東京都中央区京橋1-3-1　八重洲口大栄ビル7F
　　　　　TEL　販売部　03-6202-0386（ご注文等に関するお問い合わせ）
　　　　　URL　http://starts-pub.jp/
印刷所　　大日本印刷株式会社

Printed in Japan

ISBN　978-4-8137-0343-3　C0193